主编 凌翔

终南听雨

张莹 著

民主与建设出版社
·北京·

© 民主与建设出版社，2020

图书在版编目(CIP)数据

终南听雨 / 张莹著 . —北京：民主与建设出版社，2020.2

ISBN 978-7-5139-2930-1

Ⅰ.①终… Ⅱ.①张… Ⅲ.①散文集—中国—当代 Ⅳ.① I267

中国版本图书馆 CIP 数据核字（2020）第 033537 号

终南听雨
ZHONGNAN TINGYU

著　　者	张　莹
责任编辑	周佩芳
封面设计	陈　姝
出版发行	民主与建设出版社有限责任公司
电　　话	（010）59417747　59419778
社　　址	北京市海淀区西三环中路 10 号望海楼 E 座 7 层
邮　　编	100142
印　　刷	唐山楠萍印务有限公司
版　　次	2020 年 7 月第 1 版
印　　次	2020 年 7 月第 1 次印刷
开　　本	710 毫米 ×1000 毫米　1/16
印　　张	15
字　　数	200 千字
书　　号	ISBN 978-7-5139-2930-1
定　　价	49.80 元

注：如有印、装质量问题，请与出版社联系。

序　闲时明月静时书

　　我出生在20世纪80年代初的农村,在我的记忆中,父母都很忙碌很辛劳,仿佛他们也总有干不完的农活。正月里给麦苗上上肥粪,反复两次用锄头除去麦田里疯长的杂草,待麦子抽穗时,又拔去麦子中的燕麦。转眼间又到了五月,麦子快成熟了,家家户户磨好镰刀,拴上碌碡把自家的麦场碾得平展,六月是麦子抢收季,逢了好天气,赶紧地割麦拉麦碾麦扬场晒麦交公粮。又一刻不停地犁地施肥播种玉米,玉米长到十厘米时,又开始前后两次锄草施肥,长到半人高时再肥一次田就待秋天掰玉米了。在这期间,家家户户还要侍弄几分地大的一块水田,收了麦子,给块状的稻田里放水犁地插秧并定时定量浇水,静待秋天收割水稻了。这些农活大多靠人力完成,我从小参与其中,体力不支又乏力无为,每每待我犯难时,父母对我说得最多的一句话就是:"好好念书,就不用受农业社的苦咧"!那时懵懂,我听得耳朵都要起茧子了,也就听进了心里,牢记心中。从此,在一座农家小院里,大多数时间都能看到一个瘦小的女孩读书写字的身影。只要我一写字看书,父母再累再忙也总看着高兴，就不再让我去干苦累的农活了。

时间一长，读书成了我逃避繁重劳作的庇护伞了。书也从此读了进去，觉得了它的好。

发奋识遍天下字，立志读尽天下书。于是，在阅读之后的不断思考与追问中，在不断地用心书写中，就有了这本散文集的诞生。

《终南听雨》是整部文集的名字，也是我的这本文集中一篇文章的名字，如此反复出现，即是我对人生的一种态度和理想。

《终南听雨》一书所要叙说的内容，不仅仅指听雨的体验，更有生命过程的独特体验。一如我在《终南听雨》一文中的真诚表达，此文涵盖了我在本书中想要表达的全部内容和意蕴指向。

该书共分往事可追、美的沉思、教海拾真、时光漫步和别样人生五辑，内容主要涉及往事的怀想、对自然和社会的观察书写与思考、对美的描画与表达。

在《终南听雨》一书中，既有我对生活的观察，也有我的广泛的阅读。无论是诉说我内心的迷惘与突围，还是批判当下生态和权力之弊，笔调真诚而质朴，字里行间充满对自然、社会、人生等一切深厚的情感，以及对美、善、真的热情书写与表达。

纵然前路崎岖曲折，我却从未放弃前行的方向，终于走出了泥泞的生命雨季，迎来明亮的晴天。

这一切，体现了我对生活的热爱和感知。当然，因为自己才力有限，可能会有这样那样的不足，还望大家不要笑话呦！

目　录

第一辑　往事可追

柿子红了　002
爱上层楼　005
高考那年　009
致我们曾经的芳华　012
那年我在马村矿　016
终南人家　020
睡梦中的笑窝　023
怀念爷爷　025
外婆印象　027
也诉衷情　030
渭北行　032
偶遇　035
守望　037
师恩永远　041

第二辑　美的沉思

人笨多读书　044
活着　046
敬畏生命　048
写作之我思　050

永远的怀恋　052
一世书缘情唯远　054
改变贫穷　056
来日方短，去日苦多　060
遇见风景，心底生香　063
被集体剿杀之后的苏轼　066
触摸理想　069
谈读书　072
《知否》：一个女人的奋斗史　074
努力，只为遇见生命中的美好　078
在文学社里遇见　081
你的才华能撑得起你的野心吗？　084

忠言真的逆耳吗？　087
心无杂烦，清静自美　089
看望一棵树　091
万般滋味上班途　093
深情之美　095
我心中的园林印象　099
从《伤逝》中走出的子君　102
田小霞的活路在哪里？　105
只言片语　107
身边的幸福　109
致每一个素常的日子　111
麦哨响起时　113
自带阳光的女人　115
养与教　117
去如朝云无觅处　120

第三辑　教海拾真

我的乡村执教生活　126
醉心阅读　129
考试寄语　131
没有伞的孩子　133
偷妈妈钱的孩子　135
山谷的起点　137
孩子，你普通的样子就很美　139
替课风波　142
校园杂谈　144
漫天飞雪亦成文　147
暖意融融火煤炉　149
围炉夜话有声　151
一棵被剪裁的树　153
最美的朗读者　155
偏心的老师　158
想见到的那个人　160
关于阅读教学的一点思考　162
考事　164
教者之殇　168
唐僧给我的教育启示　170

第四辑　时光漫步

终南听雨　174
雨落长安　177
一树花开　180
听听那冷雨　181

雪中登山记　183
一缕梅香醉当歌　185
莲语无声溪细流　186
人生何如夏日雨　188
冬雪　191
感春　192

第五辑　别样人生

一路书香皆风景，撒播爱心结硕果　196
赶一场生命的绽放　201
痴心伏案写流年　207
美丽的忧伤　213
只闻花香，不谈悲喜　221
心事如梅　227

后记　生命的对话　230

第一辑　往事可追

柿子红了

　　一入秋，天气就慢慢凉了下来。儿子嚷嚷着要回外婆家去，我一时又找不到拒绝他的理由。于是，我们一路驰行在回乡的路上，儿子显得特别兴奋而喜悦，我也被他感染着。田野的风微凉清爽，山野越来越清晰而明彻地呈现在眼前了，绿意不减，郁郁葱葱，静谧的幽深的终南山又跳入了我的眼帘。进了村，儿子兴奋地说："妈妈，你看路边的柿子树，果实结得好多啊"！我应声回答："是啊，秋天可是个值得期待的丰收季节呦。"

　　终于到家了，儿子却一刻不停地来到我家门口的柿子树下，树下跌落一地的绿蛋蛋般的柿子，被儿子小心地拣拾着，装上他的玩具车，有的圆滚滚的，柿子也成了他的玩具，在地上滚来滚去，一个接着一个，这玩性仿佛从不会厌倦似的。叫他吃饭时，也不能放下。

　　儿子玩时，我就在他旁边陪着。看他津津有味地玩耍时，仿佛时光已穿梭回几十年前，那时我玩性正浓。

　　同样也是秋高气爽的日子。到处一片收获的景象，空气里弥漫着甜甜的味道。一日，有一家住山上的同学告诉我，在学校后面不远的山坡上，他回家路过时，看到漫山遍野已经成熟的如小灯笼般的柿子，不仅景美，更重要的是只要爬上树就可以吃到香甜可口的柿子。那个年代，好吃的东西普遍匮乏，柿子树一般是由生产队统一管理或分给各户人家。这样的诱惑自然抵挡不过。

于是，我们几个一拍即合，约定在周六中午放学后（那时周六上半天课）上山摘柿子吃。对家人却谎称是去某某同学家写作业了。

时间很快到了周六，一放学，人都到齐了，我们就一路蹦跳追赶着上了山坡，等到了坡上的柿子林，我们已是又渴又饿了。时间恰在中午，些许的燥热使得北山半坡上没有一个大人。一个个放下书包，急急地猴似的一溜敏捷地全都爬上了树，跨腿骑在树的高枝杈上，伸手即可摘得软软的熟透的大红柿子，挑拣的工夫，我们已吃饱了肚子。树下是一地的柿子皮与柿子核。我们的欢笑与歌声在山林间不断地传向远方，响彻整个午后的时光。

那时我们家也分了几棵柿子树，只是因为离家太远，爷爷常常会在柿子发黄而依然坚硬时，拉上架子车准备上长铁钩，用上一天的时间，去柿树园摘柿子，再用车将连枝带叶的柿子拉回来，然后用绳子绑起来挂在架子上，置于阴凉处，静静地等待柿子由硬变软，由橘色变成红色。等待的日子感觉非常漫长，馋得我跟弟弟直流口水，每天醒来总要去柴房使劲地捏一捏，这样的举动常常让长辈们忍俊不禁。

还是妈妈有办法。不知从哪学来了温柿子的方法，不管多硬的柿子，前一晚用温水浸泡起来，然后稍微加热一下，等上一晚，第二天就可以硬硬地吃脆甜的柿子了，看着我们咔嚓咔嚓地吃，妈妈脸上映出无限的幸福。

等到柿子变软熟透了，妈妈也会把熟好的软软的柿子去了皮和核，和面粉一起和好，摊成薄薄的小块圆饼，放在擦了一层厚厚油的平底锅里，煎翻几次，伴着嗞嗞的声响，柿饼出锅了，我们不顾烫热，掰开一瓣就往嘴里放，香甜可口，外面一层酥脆，里面则软糯腻味。幸福感瞬间流向指间和心里。

只听得妈妈一声叫，我才回过神，告诉儿子该吃饭了，并信誓旦旦地告诉儿子："妈妈答应你，过些日子，等门口的柿子成熟了，就给你做柿饼吃。"儿子听后，开心地和我们一起吃饭了。

在等待柿子成熟的日子里，他心里也存下了一个关于柿子的念想。

爱上层楼

1986年，我正好五岁，我家盖了一层砖瓦楼房。

听母亲讲，20世纪80年代初，生产队解散了，农村实行了土地承包制，分产到户后，农民的干劲很足，积极性被调动起来了，他们对土地充满了挚爱，一年到头精耕细作，从播种施肥锄草到收割晾晒，各个环节无不亲力亲为。庄稼收获之后，带着一份自豪和感激之情，积极主动地到粮站给国家上交公粮。至此，困扰人们多年的饥饿问题终于解决了。曾经因为贫困与饥饿而死人的现象也就彻底消失了。

农闲时，父亲就会和村里其他的年轻人跟着包工头到城里的建筑工地上打工。而勤劳的妈妈和爷爷，在家里也会搞好养猪羊与养鸡的副业，到了年底拉到集上卖了，补贴家用。

我五岁时，弟弟出生了，本来就简陋狭小的两间泥瓦房就更显得拥挤了。我和弟弟以及父母住一间，另外一间兼作仓库和爷爷的屋子。那时关中人都有个习惯，在屋里喜欢盘上土炕，等到冬天，用火点上塞入炕洞的烂叶柴禾，取暖的问题就解决了。可是因为烧炕占了很大的地方，屋里能活动的地方就更窄小了。我和弟弟根本就没有多少活动的空间，大多数时间我们都是在炕上玩的。这样一来，住房问题成了父亲心头的一件亟待解决的大事。父亲心劲很强，看到乡亲们都忙着增收致富，他也鼓足了劲要盖新房子。

  一家人辛苦了几年，盖房子的钱总算攒下来了，终于准备盖让其他乡亲羡慕的钢筋水泥楼房。那时，村里有乡俗，遇到有乡亲家办红白喜事，大家都会互相帮忙，每家至少出一个劳力，当然主人为了表示感谢，也定会准备美味的食物和浓香的酒水。盖房子时，本姓的族人和全生产队的人都来帮忙了。

  父亲显得特别激动，总是不知疲倦地忙着，他早起就准备好了鞭炮红绸，还有大家吃的饭菜。在专业盖房的工头和大工的指挥下，敬了关公老爷，大家就开始干活了，眼前是一片热火朝天的劳动场面，且秩序井然。等到最后一块绑着红绸的楼板铺好，浇上水泥，一阵噼里啪啦鞭炮声响了起来。在大家的祝贺声里，房子框架盖好了，剩下的就是粉刷、安装窗门。

  盖房子的那些日子，父亲和爷爷整天忙活着，吃住工地，既要看管盖房用的材料，还要监督工人盖房，母亲则负责照看孩子和做饭买东西。盖房子用的沙子是父亲平时利用边角料时间，一点一点从河里捞回来过滤好的，石子则是把从河道运上岸的大小不一的石头，用大锤一块一块敲碎了拉回来的。

  房子盖好了，父亲也成了乡亲们茶余饭后的谈论焦点，他似乎一下子成了大家勤劳致富的榜样人物。从那以后，很多乡亲也都学着父亲的样——农闲时进城打工，农忙时好好种地。

  因为没有家底，父亲只能是白手起家，埋头苦干与辛苦勤劳自然不可少了，但他不怕辛苦，看着自己的一双儿女健康长大，父亲总说再辛苦也值得。儿女们渐渐长大了，孩子教育问题就变成了父亲心头第一等大事。

1996年前后,是家里经济比较困难的时期,我和弟弟相继升入中学,那时上学是要掏学费的,国家正在普及九年义务教育,各个学校都在进行基建。

父亲盖好房子后,就没有再进城打工。在国家政策扶持下,那几年乡镇企业发展蒸蒸日上,父亲和母亲都在那上班。但后来几年因为经营不善等原因就又都倒闭了,父亲无事可做,再加上我和弟弟的学费,无奈之下,父亲重又进城打工了。

等到我们上了高中,母亲因劳累而生病,家里的经济状况可谓是雪上加霜,从此父亲的二层楼房梦被搁置了起来。他信奉俗语:要富先养猪,要富得读书。孩子是一家人的希望,把书念好了,就可以改变上一代人贫穷的面貌,总说他把苦吃遍了也吃怕了,再不想让自己的孩子再吃和他一样的苦了。

2005年,我已大学毕业,弟弟也考上了军校,家里的经济一下子好转了起来,父亲压抑了十几年的郁闷也终于舒解了,他似乎有了盼头,他的二层楼房梦又重被勾了起来,他说他要把这个梦想变成现实。

盖二层楼房的时候,父亲老了,他干不动了,他只好花钱请人帮忙盖房。

二十年了,整整二十年,他的这样一个愿望终于实现了。父亲细致地检查装修,像爱惜自己的孩子一样,他亲自给门窗家具涂上油漆。每当他坐在门口吃饭、抽烟时,看看家门口的花草树木,他总会会心一笑,笑容中既有甘甜也有苦涩,笑容之中见出父亲额头的皱纹更深了。父亲真的老了。

这些年,父亲总是以他的实际行动影响着周围的乡亲们,再加上国家的好政策,他们也都相继盖起了二层楼房,乡亲们对自己孩子的教育也是越来越重视了。展现的是一个又一个新时代的农民形象。

近几年，我不常回家去，回去总觉得拥挤，街头巷尾突然就多了那么多辆汽车，尤其是村口的集会上，吃穿用度买卖一应俱全，好一派繁荣景象，父母总爱逛逛早市，然后回到他们用情一生的农家小院，闲闲地过他们的好日子。他们说看着高兴，看着热闹，看着舒心。

再后来，因为父亲身体不好的原因，被我接到城里住，不太回农村了，但他依然想念他的老房子！

高考那年

谨以此文纪念我们的高考，感谢教育我们的恩师！

年年高考年年考，高考年年人不同。高考的影响力足以让它成为中国家庭中最重大的事件，亦是父母最伟大的事业之一，社会的关注度之高自是不言而喻的。临近高考了，总能听到看到各种微信朋友圈里传来的关于高考的消息，祝福声加油声不绝于耳，全社会关注度普遍升高。使我总能心生几分感慨之情。沉重感总让我三缄其口，但深情却终于打开了我尘封十多年的难忘记忆。终于明白：情到深处却似无。于是，高考那年的人和事浮上心头，眼中晶莹的泪珠，终于没有止住，流了出来。

2000年7月7日，我曾以一个文科生的身份参加了那年的高考，三年的辛苦与煎熬也初见了分晓。人生的影响自是深远。让我最难以忘却的更有深厚的师恩。总觉得心思细腻，又有人文关怀的老师，我更喜欢一些。不太喜欢理科老师，一则因为我在数理方面天生愚钝，反应过慢，听不太懂时，反而容易走神，二则总觉得数理化教师多顾及知识的传授，而较少渗入人文关怀与心里交流吧，至少对于我这种心思细密又敏感的女生来说是这样的。其中就有我的英语老师、历史老师、政治老师。

可爱的英语老师。高三时，学校安排一位年轻、潇洒、利落的女老师，教我们英语，她是外语大学毕业的，上课时讲一口纯正流利的英语，没有一句汉语的英语课堂，对于像我这样的农村学生来说，真是一份不小的挑战。我听得着迷，虽然听不懂但依然爱听，对老师是发自内心地佩服，听老师讲英语课，与我而言，成了一份难得的享受，老师也会以她的经历与感受，劝诫我们不要受环境的影响与局限。她说她要尽她所能缩小自己这些乡村的学生与城市小孩在英语高考时的差距。但第二学期老师就离开了，后来听说，有同学向学校领导反映老师讲的内容他们听不懂，我心中暗叫一声：可惜了。

可敬的历史老师。我一向爱学文史，生活中也爱看有关文史类的课外书，但因为家庭经济条件差，父母供养我们姐弟俩上学已属艰难，更不可能再有其他闲钱给我买很多课外书了。我看书的办法就是向同学借，向老师借，历史老师的书最多，借读老师的书使我受益匪浅，我的历史成绩总是全级第一，老师偏爱我也多一些，自然成了老师的爱徒。后来老师生病住院不教我们了，但他坚毅的目光与渊博的知识却给我留下很深的印象。临别时，老师送我一本《杜甫全集》、一本《毛泽东传》，并嘱我认真阅读，遗憾的是至今未完全明白杜诗中的人生真谛，总喜欢读些小资点的婉约的诗词文章，心中不免掠过一份愧疚。

和蔼的政治老师。高三时，分了文理科后，我自然而然就上了文科，新来的班主任兼政治老师是一位年长而和蔼的男老师。大多数时候你总会看到他笑眯眯的神情，他唯一发脾气的方式就是用手或板擦拍打讲桌，说一些诸如"不像话""无法无天"等语。那些调皮捣蛋又久经沙场的学生自然不买他的账的。但老师也有他的杀手锏，人称"啰嗦大王"可不是空穴来风的，他总是絮絮叨叨，慢条斯理地给那些"捣蛋鬼"讲道理。这正是"捣蛋鬼"最受不了的，一谈话就是一上午，他们听得烦了又不好发作，索性不听，几个回合下来最后终于败下阵来，从此老师就给爱学习如我一般的学生营造了良好的学习氛围。

老师们总是对学习刻苦的学生爱护多一些，即使如我一样反应迟钝者，也是受益者。他把我们当他的孩子一样宠爱着，偶尔还会开开小灶。当他知道我住的学校集体宿舍太吵时，就让我下了晚自习到他的厨房学习，因他的厨房与他和师母的卧室是分开的，所以不影响他们休息。晚上呆在老师的厨房学习时，偶尔飘过的饭香，让我肚子更饿了。一想到自己较少的伙食费是父亲靠卖力气挣来的，更是一分也不敢乱花的。委屈的肚子有一次真的不争气了，就自做主张地吃了老师家锅里的馒头，事后总觉不妥，第二天就找老师说明此事并道了歉，老师听了只是笑笑让我跟他不必客气。但从此，每当我下了晚自习，面前总会放一份师母给我备的简单夜宵，她和蔼地对我说："娃，吃吧，正长身体呢，看你瘦的，还要学习呢。"我的眼泪就止不住流了出来。

我在老师家吃了近一年的饭，就到西安上大学了。后来几次想去看老师，总觉惭愧，总想着等有一天自己混出个名堂了再去见老师，但最终未能见他最后一面。我的眼泪又夺眶而出。老师一生培养了三个优秀的儿女，他的孩子的故事也影响了我，让我明白了，一个农村的孩子是可以通过自己的努力改变自己的命运和人生际遇的。理想的追求也一定会让人生变得生动而精彩。

在高中的课堂上，开阔的视野使我对人生有了更高层次的追求与思考。在这之前的十几年里，我的亲人、朋友、乡亲们从不曾有人对我说过这样的话，讲过不一样的人生追求与奋斗之与生命的意义。而这些本来素不相识的人，只因了一场师生的缘份，就不计回报地无私地以他们个人的经历、人格与魅力，影响我、鼓励我、引领我、提携我、指点我，去追寻人生的梦想，去思考生命的价值与意义，去磨砺我坚强的意志，让我走入知识女性的行列。于我而言，是恩师更是益友。大恩如何谢呢？我的眼泪又止不住流了出来。

致我们曾经的芳华

十八年，太匆匆，一番风雨度春秋。

近日，偶然在朋友圈看见一张大学同学的合影。勾起我无限的回忆。不禁感慨，十八年一晃而过。

记得当年读张爱玲小说《十八春》时，曾几多感慨于人生的变幻与现实的残酷，故事中的顾曼桢在十八年的时光里，人生变得无力而面目全非了。

十八年，同样对于我们也改变着，似乎每个人都无法改变什么，在时光的脚步中，熟悉的面容，依旧灿烂有加，同样的人儿却青春已逝，我们人生中最美好的十八年，芳华不再，度过了，也消逝在时光匆匆之中，成为青春永恒的纪念与定格。

谁的青春不动容不灿烂，那一群美丽、善良而又青春勃发的少女们，更是如此。清晰地记得，那一年九月，一个秋雨绵雨的日子，来自不同城市、不同家庭、不同性格的八个女孩子，因为人生机缘巧合走进了同一间宿舍，并在那里日夜相守了几年的时光，不得不说是一种缘份了，一起读书学习，那时我们踌躇满志地畅想着自己的未来人生，我们谈爱情也谈理想。

思绪在迅速地回转，脑中的那些清晰的画面仿佛就在昨天。那个时候，我们是那样的年轻，仿佛整个世界都是我们的，也志得意满、雄心勃勃、单纯快乐，没有什么是我们所不能的，一群女孩子在一间房子里点亮人生，美好就在脚下。

也许，那时的我们并不知前路的坎坷与人生的不易，并未尝到人生的苦涩。在这之前十八年，我们几乎都是在父母的疼爱与呵护中成长，一心学习，只为学习，悉心地听取老师与父母亲人的教诲。可是，从那一刻开始，我们从这里出发，开始全新的人生模式。自己生活，自己学习，自己为自己的未来规划。这一刻也注定我们已长大成人，以一个成年人的姿态行走于人群之中。

回忆是美好而甜蜜的，十八年来我也一直清晰地记得她们的名字。多少个梦里重回那个青葱的岁月。我们一起出行，一路欢声笑语；一起去上课，提前为大家占好座位，认真听课的样子，让我怀念不已。

记得有一次，我们几个听说五月十八日世界博物馆免费开放日西安各大博物馆也免费开放，便兴奋极了。不顾有课，出去逛了一个下午，深情地走进了我们向往已久的半坡遗址、碑林博物馆等，只为长长见识、了解历史文化。代价是我们逃课了，这在我们这些乖乖女来说，可是人生第一次做了违规的事，被老师狠狠地批评了。

也会想起我们的老师们。比如美学老师唐健君，一个中等个子，微胖，说话略带四川口音的人。唐老师那时成了我们宿舍共同谈论的话题，每次听完课回来，同学们都有说不完的评价，争着抢着表述自己的观点，言谈中无不表达我们对于知识渊博的唐老师的敬重与热爱之情。

亦曾为秘书写作老师的一句话，而讨论过不知多少次，知识女性的心胸与气度理想展现了出来，但我们并不知道人生的现实的残酷与无奈。

青春没有什么不可以，我们逃过课，偷偷写过情诗，也会暗恋某个人，去一些自己从未去过的地方，做一些我们从未做过的事，并不会想这样做的后果，青春就是这样的任性自由，让人充满激情与活力。

分别时有些匆忙，转眼就到了分手的季节，记得毕业那一年，我在四月就早早地签好了工作单位，然后就开始专心地看闲书了。那些日子现在想来，可以说是我人生中最快乐最幸福最无忧的岁月了，我什么也不用考虑，每日只到图书馆看书，借书，宿舍里瞬间变得安静了下来，一改往日的欢笑与嬉闹，大家都在忙着找工作、实习或谈恋爱，为以后做着各种打算，唯有我以书为伴，孤寂的确是有一些。但大家那时心情复杂，有着关于人生命运、前途未来的思考，每件大事都需要我们费心思考，用心权衡，容不得一点马虎与率性，犹恐自己当日的选择，造成他日无可挽回的结果。

度过了七月，我们就真的分别了。那时因为通信不发达，彼此只留了家里的座机电话，事易时移，后来难免人事变化，难免失去联系，心里竟也有些许的遗憾。

见与不见，你就在那里，我的青春再见了！记住那些曾经的美好，十八年，太匆匆。愿我们芳华依旧，写满人生的充盈。

奋斗，一直在路上，记忆的潮水一泻千里，想起许多人和事，它们原来都清晰地铭刻在我青春的里程碑中，并伴随我的人生迈向更美好的明天。

奋斗之于人生的意义，这十八年，在我们每个人的脸上都刻上了时光的烙印，一扫曾经的青涩而变得成熟自信。十八年，足以演绎童话般的人生，丑小鸭终于变成了白天鹅，灰姑娘也终于和她的王子快乐的生活在了一起。

十八年太匆匆，寂寞几个黄昏雨，我们都走在自己的人生轨迹上。工作、结婚、养育子女，现实生活的琐碎是难免的，也让人焦头烂额，但我们芳华依旧，依然有梦想与追求，不负青春不负自己，十八年后的我们正步入自己人生的中年，这是人生必经的改变，也是人生必经之路，就像十八年前的我们，那时还是那样的忐忑不安，今日却是步履从容与坚实，走过人生的美好季节。

十八年，太匆匆，半生缘，一生记。

那年我在马村矿

每年一入七月，学校里总会见到一场又一场让人为之动容的分别情景。且在学校呆得时间愈久，发生在自己身上的概率愈高。最近又临近期末，这几日犹甚，我心底的难舍与伤感总会情不自禁地被激发出来，昨晚就做了一场分别的梦，流露出了心底潜藏多年的心绪。如泉涌般暴发于晨曦之时，怅怅地再也无法入睡了。

在马村矿中学陪我一起走过风雨的婉君，十多年再也未曾谋过面，这真是天涯地角寻遍，从此相思无处觅了。不愿想起，只是唯恐自己平添几分无奈与惆怅罢了。那时的我们都如浮萍一般，经不起任何的波折与苦难，自顾尚且不暇，彼此帮衬只落在了生活的基础层面，细细思量时，总会唏嘘不已。

毕业第一年，我跟婉君都是同一天被招入矿务局教培中心的教育新人，我从西安出发，带着老师的质疑与同学的不解，和几袋简单的衣物，形单影只地坐上了长途汽车，晕头转向地到了离家较远的矿务局招待所。

经过一番讨论，领导最终的决定是让我去马村矿中学任教。而婉君则是比我早几天分到这所学校的新老师。马村矿是一处位于渭北高原隶属于矿务局辖所且荒凉偏僻的地方，是新建的煤矿工人生活区。四周几乎没有村庄，有的只是高低不平的土坎与洼地。矿区却是在一处平坦土坎上，依基而建的人流涌动的矿工家属聚集地，前后由十几幢多层小楼房组成，围绕住宅区的还有临街的商铺以及许多临时搭建的矿工之家。而马村矿中学就位于矿区中间，学校由一座三层单排教学楼组成，在校学生400人左右，职工人数20人左右，因为大部分老师都是矿区的职工家属，学校不提供食宿。学校为了解决新调入的教师食宿问题，专门请了一个附近的居民给我们几个做饭。平日里不回家时，我们就住在学校教学楼的一间门房里。门房位于三楼，下午放了学，学生离开后，校园里立刻安静了下来，晚上关上教学楼的大门，楼道里漆黑一片，阴森吓人，我总是连厕所都不敢去，婉君倒是比我胆大，她也总是不厌烦地陪着我。

婉君长得文气清秀，个子又高，开朗活泼，所以很招人喜欢，不像我闷声闷气的。只是听她说她的男朋友远在深圳，而她又一心想要考研深造，我那时心里迷糊，又对未来无限惶恐，心里的不安可想而知，因为我工作在荒僻的马村矿，我的男朋友也与我分手了，分手的原因很简单，他嫌弃我没有在西安工作，实际得让我无处可哭，残酷得让我无奈，我是失望地与他分手的。

从此，我也决绝地与许多不相干的朋友分别了。心冷了，日子是熬着过的，我和婉君都是一样，只是她比我更坚强些罢了。她交往很广泛，不多时矿上很多人就认识她了。更有年轻的矿区子弟对她产生好感。但她心心念念的依然是她的男朋友，初心不改，实在难得得很。

我俩每天都是形影不离的，在一处住，在同一个办公室工作，一起吃饭休息。放学后学生和老师都回矿上了，只剩下我俩，有一种相依为命的感觉，那时我经常是彷徨的，不知道自己的人生该怎样安置自己一颗不安分的心，而婉君真的给了我不少的安抚与慰藉。我想两个孤独的外乡女孩在矿区人的眼里，一定是让他们同情的吧！

我们的学生主要就来自于这些矿工的家庭。他们的文化程度普遍不是很高，且参差不齐。大多数人是外地人，远道而来，参加了以挖煤为业的工作，扎根此处，结婚生养。几代人下来，就形成了一个矿工聚集地。此处叫做马村矿，但地底下的煤早已挖完，矿务局对职工是以安排到别的煤矿继续工作，或买断工龄来处理的，我来的时候是早已失去了往日的繁华，他们仿佛过着迁徙的生活，挖完一处煤就又到达另外一处继续挖煤，作业的工具也在与时俱进地改变着升级着。听许多矿工讲他们的故事，就如听惊险故事一样，从而也了解了矿工工作的不易与艰辛，有些人还在工作中牺牲了，只留下妻儿，有的人或受了伤，有的人还会得难以治愈的职业病。

在矿上呆久了，与他们也就谈得多了，许多朋友就会给我俩这样那样的建议，更有热心者会给我们介绍对象。婉君比我显得从容，她并不推辞，只是见了几个都不合心意罢了，不像我，一心想要调回西安又不成，整日痛苦不堪，愁眉不展，现在想想也许是我过于执拗了吧，人生何处不天涯，此身安处即吾乡，可惜我那时，并未参透这其中的奥秘与深意罢了。

一年后，我被调入矿务局直属高中教高中语文，临别时，我们俩很是不舍，她帮我拿着行李，送我到了另一处简陋的矿区临时住地，婉君则仍然留在马村矿任教。后来，我也曾多次去看望她。但见她孤寂亦然，心里不免伤心落泪，但我知道我们都强忍住了眼泪，坚强面对生活，是我们唯一能做的。那年我们23岁，如花的年龄，却也承受住了生活的磨砺与艰辛。

再之后，我们都因为忙，彼此见面的次数较之前少了许多，即使去她也总是恹恹的，不太愿意跟我多说，再后来，就听说她辞了学校的工作，独自去南方闯荡了。许是去找她的男朋友了，许是重新开始新的生活，我后来也离开了矿区回到父母身边，一别从此不相见了，思君念君终渺然。心里留下的只有隐隐的痛。

我也常常想到她，一想到她就会止不住落下伤心的泪，我们曾如漂泊的蓬草一样，无根可依，在外流浪，眷恋父母亲朋的心也几经煎熬。而同时又是那样孤助无援，没有人帮衬，只有自己，唯有自己。

近日，已接近六月末，记下此文，以此纪念我青春的岁月和纯真的友谊，当时只道是寻常，一转身却是永远的分别。

终南人家

  年节闲暇时，陪几个朋友去曲江一处住宅院落看房子，一入内，便被房子的精致典雅、古韵古香吸引了，心中不禁啧啧称赞。我和朋友开玩笑着说："我就出生在这样的地方，所以来到这里就觉得既熟悉又陌生，仿佛找到了心灵的归宿与久远的记忆啊"，他们听了笑个不停，于我则勾起了沉沉的回忆。

  过去就是这样，表面看似忘记，但总也抹不去，所谓尘封只是珍存而已，一旦被现实重又勾起，记忆大潮便会在心中澎湃激荡，余波不止。所谓爱屋及乌就是，因了我爱好古典文学的缘故，大凡带古字的，我都喜欢而且心向往之，只要看一眼，自己便能时空穿越，心也便恬适惬意起来，头脑中立刻出现一幅丰富的画面，仿佛我就置身其中，着一身古装悠然地读书习字，看天看云，闲庭信步在古园林、古院落中，使用的亦是那些很怀旧的老物件……

  眼前的仿古民居建筑，就是我记忆大门的钥匙。打开时，便伸向了久远的追忆与怀念当中，这种情感是复杂的丰厚的。于我而言，童年的快乐是和一座座落于终南山下的关中古旧四合院紧密联系在一起的。

儿时，我总在一个大院子里玩耍、穿梭、嬉闹，也总觉得人多闹哄哄的，有锅碗瓢盆的声音，有鸡鸣犬吠的声音，有嬉笑怒骂的声音，更有咳嗽声酣睡时的雷鸣声……俨然一个大杂院。小时多有不解，只觉得混乱。

长大一些的时候，曾从爷爷那里了解到其中的原委。这个大杂院其实是由六个小家庭组成的。我小时，这六家的爷爷辈的老人都还健在，他们之间的关系却是手足兄弟，这六家同出一脉。我的太爷爷，据说是一位非常能干且精明的小地主，因为老家遭了洪水的缘故，举家搬迁到了陕西宝鸡，后为图长远计，再迁至终南山下的长安县，此后数年定居此处发展，民国时已拥了数百亩良田和一定规模的美宅，继而还有一些在西安城发展起来的产业。

听爷爷讲，他在20世纪30年代就曾被派往城里打理过一家银饰店，也因此开了眼界，他还说他曾近距离看见过英武的杨虎城将军。但好像好景不长，因为打仗的原因，国民党到处抓壮丁，太爷爷便安排家人关了店面，让几个儿子都躲藏到山里去了。再后来，全国解放，太爷爷过世，也分了家，各过各的。我们这样一个大家庭也便七零八落，衰败不堪了。

但其实，之前的四合院全不似如此的。印象中有大的黑漆木门和厚实的门槛，门口还有大石狮子，推门而进时，会听得很响的嘎吱声，进了门是一条漆黑而长的巷道，平日里，供这一大院人畜出入，但我小时因为怕黑，所以傍晚过后我是不敢一个人出门的，只能乖乖呆在院中调皮了。有时爬上院墙，有时爬上树干，以此渡过白天剩余的时光。出了巷道，左边紧挨着的一大间厢房，中间是四面见光的大院子，前后左右分别盖有几间大的厢房，房子的样式则是典型的半边盖的关中民居，以泥瓦为主料，夯就而成，结实异常。记忆中的家舍器具已破旧毁坏不少，只是成了抹不去的岁月的痕迹罢了。

　　时过境迁的日子，我想唯有这么一个家族的族风，略可聊以自慰先祖吧，耕读传家传了几百年，终于没有没落，几经波折与洗礼，依然深远地影响着我们这个家族的一代代子女，他们也一代又一代沿袭了下来，无不刻苦读书，谦逊做人。而在这其中，读书是最核心的，几代人延续下来，观念早已深入人心。时至今日，这些子孙后辈们也大多因读书走出农家，互相影响，独创出属于自己的一方天地。这样的成就和变化，当真是归功于传承了良好而浓厚的家风。

睡梦中的笑窝

　　黎明时分，因想起一些琐事，睡意全无，就那么清醒地躺着，仰头看着天花板，任思绪任意飞扬无所阻挡。
　　忽听得几声咯咯的笑声传向耳边，转头看时，睡在我旁边的儿子，笑容中呈现出一个小酒窝，咯咯不停的声音正是从他那里传来的。只听得儿子有间隔地从嘴角滑过幸福愉快的笑脸，儿子天真无邪的欢笑一下子就感染了我，让我在一瞬间烦恼全无，幸福溢满整个身心，我也回复他一个幸福的笑，但我并不知道他的笑意的原委，许是得到心爱的玩具，许是和小伙伴玩得开心，许是吃到了香甜可口的美食，更或许是去了自己喜欢的地方。
　　是啊，儿子带给我的又何止一些幸福的微笑？此生注定母子一场，如此深的亲缘，虽则受累却也值了，看着他一天天长大，学会爬，学会走路，学会说话，每天相伴，从无厌烦，短暂的分别就会甚是想念。我便也知道了他的小心思，看着孩子腿上的伤，额上的包，更体会到孩子成长的艰辛不易，每一段成长都是一个破茧化蝶的痛苦过程，更

023

是他成长的独特体会和收获。

　　孩子终是要长大的，每一个父母只是孩子人生路上的一个陪伴者，虽然我们在用心抚养他的时候，总心怀忐忑与不安，顾虑与焦躁也是难免。只怕给他的爱还不够，怕给孩子的照顾还不周全，怕给他引领的人生方向还不够高远阔达，更怕有任何闪失而造成将来无以弥补的遗憾。

　　这许是天下父母心的可怜又幸福之处吧！

怀念爷爷

怀念是生命中的每一次阵痛，每一次喜怒哀乐过后的沉淀，更是生命过程中的特殊馈赠。于我而言，怀念爷爷，便是。

国人有祭祖的习俗，我们家乡也是，春节前一天贴大红的对联门神，挂红红的灯笼，做完这些，家族中的男子就会带上纸钱祭品去往祖坟，祭拜已逝的长者，表达子孙们的一份哀思与怀念。可我是女子，近二十年了，从未参与祭扫，每每此刻，我的心情却是涌动而复杂的，过往种种也会不禁地在脑海浮现，动容不已。怀念爷爷便是。

爷爷生于1918年，出身地主家庭，少年殷实，青年能干，迎娶的亦是门当户对人家的大小姐，只因特殊的历史原因，种种辛劳与积淀终无结果。中年贫苦，他的妻也先他而去，最终一人抚养五个孩子长大成人，但残酷的现实也磨砺了他坚韧豁达能干的性格，即便老了，帮儿媳带带孙子也不在话下。我的母亲又要劳动，年轻又没有照顾孩子的经验。便将年幼的我交给爷爷照看。

爷爷待我很亲，做饭也比妈妈做得好吃，又有许多故事讲给我听，我小时倒是多了几分心甘情愿，当然也是因为母亲在我四岁时又生了弟弟的缘故，但爷爷倒不同于母亲，较少流露出重男轻女的心思，因为小孩子的敏感，我可以说是爷爷一手带大的。那份亲近与依赖恐怕此生也不会抹去了。

春日里，爷爷和我一起养蚕，夏日陪我纳凉，讲历史传奇故事给我听。他记忆力很好，整部大书他都能讲下来，且讲得生动传神很是吸引人，听故事的人很多，有我和弟弟，也有邻家的孩子，有趣至极。

记得，在我上初二的时候，有一次是期末考试，母亲因为上集市回来晚了，我没有赶上吃午饭就去学校参加考试了，爷爷于心不忍，虽身体大不如前，也还是拄着拐杖步行去往村南边的学校给我送吃的，老师见了爷爷，问明原由后，就让我先吃饭，吃完饭再答卷。那次的事使我心里感动极了。高二的时候，忽闻爷爷去世的噩耗，我无比痛苦与悲伤。爷爷走的时候很平静，终老无疾。

每每想起，逝者已逝，唯有勇敢前行，尚可聊慰我对爷爷的一片感激与怀念之情了。

外婆印象

  四月的夜空,繁星点点,我却无心欣赏,只因了舅舅的一个急促的电话,电话那头是他沙哑而悲伤的话语:"你姥姥不在了……,回来吧!"舅舅说完电话就挂断了,只听得电话那头的咚咚声,噩耗传来,使我陷入重重的悲痛之中。外婆的音容笑貌、神情姿态、言语表情又出现在了我的脑海之中。从此,我和我亲爱的外婆再也见不上面了,再也听不到外婆唤我的名字了。今生今世,阴阳相隔,就是永远的分别!悲哉!呜呼!

  匆匆岁月,似水流年,岁月中行走已三十余年了,外婆与我的情缘也就有三十多年了。外婆是看着我一天天长大的,我却是看着外婆一天不如一天地变老的。我幼年童稚,少年无知,青年在外求学,继而工作、结婚、生子,好像总有忙不完的繁琐之事。生活负重随之而来,去看望外婆的次数和时间,也随着年龄的增长渐渐少了许多。为此,心里亦常常感到惭愧不已。但外婆仍旧几十年如一日恒久不变地默默关心我安慰我,这让我倍感人世间最美亲情的伟大与无私。过往种种,历历在目。

  我出生后,母亲还很年轻,没有照顾孩子的经验,且母亲脾气又不好，千头万绪的生活琐碎，致使我的父母经常吵闹打架。因为外婆家离我家较近，都住在一个村里，外婆只要听见有人说大女儿大女婿又打架了，就定要亲自跑一趟，她批评教育的永远都是自己的女儿，也要给我爷爷说些略带歉意的、安慰的话，临走时也一定要抱上我。所以，我小时候多数时光是在外婆家过的，吃的是外婆做的饭，睡的是外婆给我铺的干净的床，穿的是外婆为我缝制的崭新的、漂亮的衣服。若要出门闲逛，外婆总会为我扎上头发，遇见的人也总是会说："这个女娃长得好看，一点都不像是你大女儿生的……"，外婆听了既不惊讶也不嗔怪，永远是一副乐呵呵的表情，尽显她的憨厚朴实，善良友好。

　　一晃几年，快乐的童年就离我远去了，我渐渐长大，外婆却步履蹒跚，但她依然勤快麻利、干净利索。那时候，弟弟也还小，家里家外的事母亲一个人根本就忙不过来，亏了有外婆的从旁协助，母亲心里才稍稍宽慰了一些。外婆做饭好吃，家里又收拾得干净，不论大人还是小孩的衣服她都洗得干净如新，只要外婆一来，我家立刻就会变得整齐洁净，我每天上学就能背着干净的黄布书包，穿着漂亮的衣服出现在老师和同学面前了。

　　等到我上了中学，离家远了，要住校。路远家贫，没有什么东西可带，我唯一珍视的，就是外婆连夜为我缝制的厚棉被褥，我像宝贝似的小心呵护着，在无数个寒冷漆黑的夜晚，暖我身暖我心，那时候学生宿舍既没有暖气也不能铺电热毯，唯一靠的就是被褥的厚实了，而我却一点都不觉得冷。听母亲说，外婆为我缝制的被褥足足有好几斤棉，且是经过多次筛选的新棉，听到此我才恍然大悟。

　　后来的日子里，我毕业又工作，工作又恋爱，恋爱又结婚。离开外婆了，许久，却总是没有时间陪伴更加苍老的外婆，听母亲说她背驼得更厉害了，牙齿都掉完了，腿脚更加不利索了，但我和她见面的次数却是少之又少了。

而今，我们永远地分别了，天地永隔，永不能再见了，那个亲和而热切地呼唤我"莹"的人，我再也看不到她了，如日星殒落，划过天际，无声无息。她，就是爱我疼我的外婆。从此，这世间少了一个疼爱孙女的外婆，这世间多了一个失去外婆的女孩子。外婆桥是永远摇不到了。

也诉衷情

　　许是因为自己喜欢古典文学之故吧，多年读书的经历与体验，使我不自觉地受到儒家思想的影响，想着应该多多接触经典的、大部头的、大气磅礴的、意蕴深刻、品位高雅的文学作品，以便来指点自己一个人的江山，激扬心中积蓄的有力量感的文字。而对于当代文学中的闲情文字、世情小说阅读的确不多。总觉得现代这些文字过于浅陋明了了，没有嚼头，做不到反复品味，过目即忘。

　　适值假期，在我放缓的行走脚步与思维中，电视热剧《我的前半生》走入我的视野，我于是也过了一把追剧的瘾。剧中的都市生活，职场丽人，遭遇婚变等不仅好看，而且很贴近生活，让每一个有过一定生活经历与体验的女性都几乎能在剧中找到自己的影子，剧中也分别展现了三个层次的女性生活维度，从罗子群到罗子君再到唐晶，而她们之中越是知识层次高又努力拼搏的，生活的自主性自由度就越高，自我成全度就越多，反之亦然。

　　剧中的罗子君的生活巨变与自我觉醒式成长，是引发我深思之点。

它无一例外地告诉每一个婚姻中的女子，所谓的安全感责任感，只有自己能给自己，如果一味寄托在男人身上可能就会有许多的变数与不确定性。婚姻中的某一方如果比另一方进步大而快，那么婚姻中的平衡就会因而失去。的确有一定的现实反思力度，无怪乎大家热追此剧了。

世情的小说让我体验世情生活，想想自己从来却也都不是不食人间烟火的女子。无论心中有多么高远的豪情壮志、诗和远方，现实路上的一颗钉在鞋底的钉子都足以让人叫苦不已，甚或停步不前。于是好奇心让我关注到原著，关注著作者其人其事。突然想起自己若干年前曾买到的一本亦舒小说合集，以及久已忘却的阅读经历与体验，估计当时自己只是随便翻翻就丢之脑后了吧。

趁着闲暇时光，我立即从故纸堆中翻出，继而速读、体会、感触、亦舒的笔下塑造的大多是都市丽人和知识女性在婚姻情爱与友情中的不凡表现，以及在面对烦琐复杂而又多变的现实时的困惑与苦闷，更是集女性的美丽、聪慧、果决、自由独立于一身，色彩鲜明线条明快。

这大概就是大作家写作的魅力吧！

渭北行

　　渭北之行，已是十多年前的事了，但每次想起，依然悲从中来。可见心里的恐慌有多深啊。

　　那一年，我 22 岁，转眼再有 3 个月就大学毕业了，工作却依然没有着落，情急之下，我应聘了一家远在渭北的煤矿矿务局高中语文教师一职。

　　定下试讲的日子，我便带上自己的各种证书以及一百元钱，从西安东站乘坐长途车出发了。

　　对于像我这样从未出过远门的人来说，这一趟出行心里自是紧张不已。我坐在一群陌生人中，总是不停地下意识地摸一下自己的包，知道包还在，心里就安稳了许多。

　　长途车上了高速，平稳而快速，没过多久，许多人就迷迷糊糊地睡着了，我刚开始是硬撑着，可没过多久，就撑不住也进入半睡半醒的状态，只是隐约感觉车在高速路上疾驰着。

　　不知过了多久，车速慢了下来，忽听得卖票的女人大声喊道："渭南站到了,有换车的请下车,车会在此站停留五分钟。"我不知是不是第一次乘坐长途车的原因,不免显得过于紧张了。我却有个不好的毛病,一紧张就想上厕所。我一面把包托付给邻座的人,一面又拜托他帮我占好座位。安排妥当,我便下车去上厕所,厕所比较远,我转了一大圈才在停车站的外墙拐角处找到厕所,我匆忙上完厕所赶回刚才停车的地方,却发现原本停在那的那辆长途车不见了,我全身发麻,两腿酸软,脑袋嗡的一声,一片空白,无计可施也不知所措。好在旁边的好心人提醒我:"姑娘,赶紧去车站管理处问问,看那辆车几点走的,坐下一趟去追追,兴许还能追上!"我听了那人的建议,急忙到车站管理处问明情况,连忙上了下一趟去往相同方向的长途车,我一摸口袋,只剩下五元钱了,我几乎是哭着向司机师傅讲述了我的悲惨遭遇,也以愤恨的语言怪罪我之前坐的那辆长途车的司乘人员,还有那个极没有同情心的邻座的男人,但终是于事无补。

　　司机听了我的哭诉,同情地说:"捎你一乘吧,不用收你的车费,好好坐着,别难过了,兴许一会到了总站,找到那辆长途车,你的包以及重要的东西就都找着了。"我听了司机的安慰,不安地坐着,心里焦虑万分。

　　后来,车到了总站,任凭我怎么细心而卖力地找,最终还是没有找到那辆长途车,最后的一线希望就这样在我眼前消失了。我又止不住地哭了。

　　等我坐着公交车辗转几次,回到家时,天色已晚,看见辛劳而疲惫的父母,我终于忍住一切的悲痛,一个人躲在了自己的房间里。头脑发胀,始终无法入睡,一面痛恨自己的年轻无知,一面又为自己的不争气怨恨不已。

　　折腾了一晚上,天刚蒙蒙亮,我就又出门了,我去了五叔家,向五叔说明此事,五叔并未骂我,只是平静地对我说:"这是一百元钱,你拿着再去一趟渭南和白水，找找那辆长途车，哪怕最后一线希望也不要放过，再者，你马上就毕业了，得抓紧落实工作的事，家里还要供你弟弟上大学，养不起闲人，你工作了也能帮家里一把！"我低着头嗯了一声，就快速出门了。

后来的结果是，我跑了几个大车站，问了许多人，都说没有见到那辆车。至此，我的希望全部落空了。我只能再回到学校，找了学院的各个部门，千求万求，麻烦老师们帮我开好各种证明，补齐各种证件，与工作单位签订了聘任合同，妥当安排好一切，才重又拿起自己喜欢的书看了起来。

事情早已过去近二十年了，但总还会时不时地在脑海中浮现。我想，许是在提醒我少做傻事，多增长社会阅历吧！

这是前车之鉴啊！前方看似平静如水，却也处处是险滩。那些在别人看来的通途与坦道，都是他人用智慧与经验铺就而成的，这许就是人生吧！

偶遇

人生路上有很多偶遇，也许因此就会让我们看到另外一番天地，别样的人生境界。从而影响我们重新开始思考自己的生活与理想。

王智魁老师是早已认识多年又心生敬仰的《学子读写》的总编，且多年潜心写作研究，著术颇丰，为人谦和通达，学养深厚。在王老师的引荐下，我认识了优雅智慧平易朴素的作家崔彦、谦逊的西安中学的旁老师、友善的长安作协的郝老师，一行人相谈甚欢。我认真聆听之时，内心亦是欢喜异常的。一晃七个小时就过去了，终是意犹未尽，虽则第一次见面但竟不似往常的局促与紧张。

我这些年其实是有意无意地在封闭自己，回味往事深省人生时，我发现了我诸多的委屈与无奈，因为生活及工作的圈子，我总是委屈求全的疲惫应付，这让我非常痛苦。在这里我不得不坦言部分中小学老师的浅薄与功利、势利与薄情、浮躁与盲从。据好友讲，大家对我的印象是少言内敛，没有多余的闲话，从不在背后说人坏话，喜欢诗词爱好写作，不合群，而不得不说最后一点真的是伤到我了，这许是我的短处。我为此付出了很多心血，终是画虎不成，于是作罢。

　　最后索性删繁就简率性而为，每天埋头工作埋头看书思考，虽苦犹乐，真是应了唐寅的那句诗"他人笑我太疯癫，我笑他人看不穿"。

守望

"叮铃铃、叮铃铃",清脆悦耳的下课铃声响起了,只见一群身着干净统一校服又活泼可爱的小学生,兴奋而欢快地冲出拥有现代化教学设施的明亮教室,飞奔着欢呼着,去往松软开阔而且拥有各类体育设施的操场,做各种运动亦或开心玩耍。

有的同学是上完厕所才去玩的,上完厕所冲水阀就会自动冲刷干净,离开时也会将小手洗干净。有的同学会趁着下课的时间,去图书馆借本心爱的课外书,以便闲暇时阅读。还有那些爱花爱草的同学也不忘向花园里的花草树木问好。

这样的时候,我也会在孩子们的簇拥下走出教室,夹着书本愉快地回办公室去。我是谁呢?我是一名从事小学教育教学几十年的乡村老师。

不经意间,孩子们玩乐的身影就从我身边闪过,突然感觉阳光是那样温暖舒适,天空又是那样的湛蓝高远,我就会停下脚步,或驻足或仰望或凝视。恍惚之间,竟也错乱了时空,纷扰了时光。仿佛自己也变成了他们这些孩子们,回到了几十年前,回到了自己美好的小学时光。

我是 20 世纪 80 年代初进入村小的。

上小学的日子里，每天早起就会背着军绿色帆布书包，悠闲地走在乡村的路上，一路有朝霞披肩缓缓，鸡鸣犬吠相伴，鸟儿吟唱叫天，快乐自在笑颜开。

位于村中央的小学，听老人们说，早先是在一座寺庙的基础上修建起来的。我上小学时确是见过几间砖瓦房的教室中几根大红木柱的。只是自己当时因为年龄小，只觉得大柱碍眼又占地方，却不知它为何立在那里罢了。

与我朝夕相处了六年的村小，教室矮小且有些昏暗。阴天下雨时，老师通常是不用粉笔在黑板上写字的，因为写在疙疙瘩瘩的黑板上的字大多数学生是看不太清楚的。

走过如水的季节，我亦对季节的变化有着清晰的回忆与深切感受。当天空洋洋洒洒地飘起鹅毛大雪时，冬天的寒冷却是彻骨的，秦岭脚下的凄风，使人更增一种无名的逼仄凄冷之感。

我从小没有迟到或请假的习惯，即使院中的雪积了厚厚几尺，只要一看到父亲严厉的眼神，我就会毫不犹豫地穿衣起床上学。

走在大雪沉积的村道上，秦岭脚下小山村就显得特别寂寞，路上只能依稀见到一些早起的村民的脚印。一脚踏入雪里，雪便漫过小腿，鞋总是埋在雪里看不见，我的步伐也总是迈得有些沉重。

好不容易到了教室，赶紧抖落身上脚上的雪，定睛看时，母亲亲手为我做的棉布冬鞋袜子及裤脚早已变得湿漉漉的了。坐在冰冷如霜的没有任何取暖设施的教室里，听老师讲课时，脚底如踩在冰面上一般，冰冷异常。瑟瑟发抖中我总是盼着放学回家，就可以坐在爷爷用泥土修葺而成的热炕上暖和暖和冰凉的手脚了。

这样的冷热反复交替几次之后，我的娇嫩的小脚哪能经得起折腾呢？于是，经常看到自己冻烂的一双小脚。

冻烂的脚跟，一碰到坚硬的鞋子，自然难受极了。因此，在冬日穿鞋脱鞋时，我总是咬牙切齿，也分明可以听见上下牙打架时的咯噔声，冻伤严重时穿鞋，我头上便有了一层清晰可见的薄汗，那是一种生冷的刻骨铭心的疼，我那时竟然忍住了痛。但那些冻伤却扰了我很多年。冻伤后的脚等到天暖和了，就痒得人坐卧不宁，那些冻伤的地方即使痊愈了，等到来年冬天还是会复发的。

天气暖和，阳光晴好的日子，以土地颜色装扮的大操场，便是我们的乐园了。踢几脚球，赛几趟跑，打几个滚却是不能的，干净的衣服立刻就变成土灰色了。

最讨厌的是下雨的日子。一下雨便没有学生去操场玩耍了。有那胆大的同学去操场逛上一圈，踩出一脚一脚深浅不一的坑，回来时，鞋底就变了形似的积了厚厚的一层泥巴，甩上半天才会甩掉，弄脏的鞋子倘若被老师与家长看见，一顿骂便再所难免了。

每年九月开学际，经过一个暑假，操场上长势旺盛、疯了似的茂密的野草总是大家心头的头等大事，必要铲除之而后快。

学校通常会在开学第一周，由后勤处为每个班划定一定的区域，要求在限定的时间内，让学生自带农具，拔或者铲完杂草。

这样的体力活，对于从小生活在农家，而又勤劳朴实的农村娃来说当然不在话下了。

大家一齐用力，合作分工，一个下午过去了，杂草也被铲除完了，干净漂亮的操场又重现于我们眼前了。

记忆中铲草的活，我是从小学一直干到初中的，直到90年代末，国家全面实施九年义务教育，校舍重建时才有了彻底的改变。国家大量资金的投入，几年时间，变化是非常显著的。一座座崭新的校舍拔地而起，全新的阅览室、图书室、实验室、塑胶铺就的全新操场，整洁美丽的校舍，一批批具有专业素养的教师……

039

总之，一切都是新的，像刚落地的娃娃，从头到脚都是新的，我们当时是多么地兴奋开心啊！

终于可以去图书馆看书了，终于可以在松软的操场上肆意摸爬滚打了。

至20世纪末，随着整个国家经济状况的好转，一股教育改革之风也蔚然成型，滋养了中华大地。改革成果的影响是巨大的，乡村人对教育的认识与重视也较之前有了很大的改观。随着人们观念的变化，一批又一批农村青少年受教育程度越来越高，这些好后生们，长大后也都积极加入社会主义建议队伍中，有的人还在新农村建设的事业中发挥着重要的作用。

时日愈久，心绪愈是不平静，纵然万千波涛汹涌于心田，有时，也会常常想起以前的种种难忘的往事。

对于像我这样一个念旧的人犹是。那些难忘的过往，又像放映电影似的时不时浮现于眼前，也许是人世行走经历越多，越是懂得珍存吧！

近四十岁的我，细细数起来，在乡村学校呆得时日却是最久的。眼见得它送走一批又一批农家好儿女，眼见得它旧貌换新颜，眼见得它在党的好政策下，迎来新的发展机遇，实施全新的教育育人与管理新理念，心中怎能不欣喜呢？又怎能不让人流连追怀呢？

曾几何时，这一切可都是所有农村人的梦想呀！

这时，忽又听到叮铃铃的铃声响起，孩子们要回教室上课了，回过神的我也要回办公室休息了，倒上一杯清茶，慰劳一下辛勤而又幸福的自己。

师恩永远

人生行走，晃几十年就过去了，求学的生涯甚为怀念，教过我的老师少说也有几十个，而让我最为感动和难忘的要数初中的数学老师张锋老师和大学的美学老师唐健君老师了。

初中之际，我年纪尚小，上学的学校就在我们村的南口，每天迈着细碎的步子。日复一日，年复一年。上初二时，学校新分来一位男老师，年轻而充满活力，教我们班的数学，包括几何和代数，每天一节一周五节。张老师讲解详细周到，语调抑扬顿挫，最有意思的是他上课总要翘个脚尖。到了上几何课时，他从不带圆规，却能画出令人满意的圆，他以大拇指作固定点，中指围其转绕一圈，几何课上的圆便画成了，同学们一个个张大了嘴瞪圆了眼，师生眼神相遇的一刻会心一笑，其乐融融，美好无比。但张老师有时也很严厉。一次，刚打了上课预备铃，老师有抽烟的习惯，就早早站在教室外面抽烟，烟没抽完就听到教室有打闹吵架的声音，他怒吼一声，急走过去在那两个男生的屁股上狠踢了一脚，那两个同学才平息了下来，大家开始认真听课，此后再无人提起此事。

但老师的威严与高大形象却永远定格在我的心里。时隔多年多次打听老师的消息，听闻老师已经升了某某学校的领导，因为总是忙、总是不得空，再见虽遥遥无期，怀念却从来都没有减少一分。

另外一位老师是我大学的美学老师唐健君老师。上大学的第一年，新同学新环境新老师，一切都是陌生的，中文系开设的许多语言文字类的课程，老师们水平都很高，心里总有无限的敬意与佩服，但印象最深的却是为我们上美学课的唐老师。唐老师是四川人，普通话带有较浓的川味。美学是一门比较深奥艰涩又抽象的学科，我本来是不喜欢的，所以第一次去上大课既不积极也不热心，坐在靠后的位置上听课。只见老师中等身材微胖，说话停顿时总喜欢用下嘴唇舔一下上嘴唇，他一开始先介绍自己："本名唐健君，取自《周易》'天行健，君子以自强不息；地势坤，君子以厚德载物'。"眼神中是满满的训诫与劝慰，他讲课声情并茂、抑扬顿挫、高低起伏很是吸引我们，古今中外美的展现形式在课堂上回荡着，学生越听越认真越专注，亲其师信其道体现得非常到位，来听课的学生越来越多，中文系的女生大多数都喜欢这位学识渊博，通古论今的老师。我也算在其中。再后来老师不教我们了，在校园里见到老师时，仍是觉得亲切。

隔了近二十年了，时逢教师节，每每想起，依然想念他们，老师的音容笑貌也就如在眼前了！

第二辑　美的沉思

人笨多读书

我出生在20世纪80年代初的农村，在我的记忆中，父母都很忙碌很辛劳，仿佛他们总有干不完的农活，正月里给麦苗上上肥粪，反复两次用锄头除去麦田里疯长的杂草，待麦子抽穗时，又拔去麦子中的燕麦，转眼间又到了五月，麦子快成熟了，家家户户磨好镰刀，又拴上碌碡把自家的麦场碾得平展，六月是麦子抢收季，逢了好天气赶紧地割麦拉麦碾麦扬场晒麦交公粮。

又一刻不停地犁地施肥播种玉米，玉米长到十厘米时又开始前后两次锄草施肥，长到半人高时再肥一次田，就待秋天掰玉米了。在这期间，家家户户还要侍弄几分地大的一块水田，收了麦子，给块状的稻田里放水犁地插秧并定时定量浇水，静待秋天收割水稻了。这些农活大多靠人力完成，我从小参与其中，体力不支又乏力无为，每每待我犯难时，父母对我说的最多的一句话就是："好好念书，就不用受农业社的苦咧！"那时懵懂，我听得耳朵都要起茧子了，也就听进心里去了，牢记心中。从此，在一座农家小院里，总能看到一个瘦小的女孩读书写字的身影。

只要我一写字看书，父母再累再忙也总看着高兴，也就不会让我去干农活了。

时间一长，读书成了我逃避繁重劳作的庇护伞了。书也从此读了进去，觉得了它的好。

发奋识遍天下字，立志读尽天下书，就是我那时最朴素又实在的想法。

活着
——观《小姨多鹤》

生而为人，每个生命的历程却展现出截然不同的样式与体验。这中间有时代的、家庭的、个性的等诸多原因。有的人仅仅只是活着就已经分身乏术、心力用尽了。一生走过了苦难与艰辛，亦总是在和死亡作拼命搏斗。比如严歌苓笔下的日本女子多鹤。

严歌苓真是当之无愧的当代小说家。讲故事的水平高超，且总是以女性视角全程深入社会层面与人性层面。依据她的小说《小姨多鹤》改编，由孙俪主演的同名电视剧，讲述的是一个名叫多鹤的日本女子苦难的一生。1945年日本政府投降后，曾迁移到中国东北的日本开拓团的日本民众，被日本人无情杀死或遗弃，多鹤和她的家人就在被杀的行列，多鹤虽躲过日本人杀害，却遭遇当地的土匪劫掠，她最终被土匪贱卖给一家东北张姓农户。张姓人家用心救治了遍体鳞伤的多鹤，后又因儿媳朱小环不能生育，多鹤最终答应帮张家生儿子，以此来还张家人的救命之恩。

这期间又因为多鹤的日本人身份总被人怀疑，几十年间，张俭带着小环、多鹤在惊险中多次搬家，多鹤也为张俭生下一女二男三个孩子。彼此之间却也建立了生死关系。直至1972年中日建交，多鹤才在多方协助下回到日本，回到母亲身边，临走时，小环告诉三个已经长大的孩子，叫了多年的小姨其实才是他们的亲妈。多鹤从十六岁起在中国生活的几十年，历尽磨难与苦楚，又数次挣扎于死亡线上，她却能隐忍地活下来。让读者看到一个普通女人在与命运的抗争的同时，也让我们了解了战争之于普通民众的残忍与无情。这是一个女人的史诗。

突然想到伟大这个词，想到"伟大"可能不仅仅只出现在很恢弘的瞬间，不仅仅只为那些一辈子横扫乾坤的人而生。伟大有的时候很模糊，它可能就体现在那些一辈子都看似碌碌无为的人身上。他们很可能就在无数个你看不到的时刻里，看似卑微却又伟大地活着。

敬畏生命

近几日的疫苗事件，搅得人心惶惶，终日不安，不忍直视。单单一类疫苗案引发的重大公共卫生事件已经连续八起了，且事件的发生一次比一次性质恶劣，造成的损失更大，危及社会的各个层面，负面影响很大，对国家的公信力造成巨大威胁与最坏的影响。

听到这一消息的人，做的第一件事情就是在恐惧与不安中翻看自己家的孩子的疫苗本。我也加入了其中，当看到长生、武汉几个字的时候，恐惧感骤增，第一时间打通了社区、省市药监及防控中心电话，工作人员肯定地告知只要不是出事的批次就没有问题，并告诉我说陕西未涉及此类疫苗。心里虽稍稍安稳了些，但所有的家长心里的不信任与恐慌依然未能化解，别的批次就没有问题吗？孩子要打了问题疫苗怎么办呢？

难怪家长狐疑，近几年，各种不法分子频频向孩子开刀，发生在儿童身上的饮食、安全事件频发，不敢想啊，孩子们只是健康活着已经很不容易了，毒奶粉、毒面条、毒玩具、毒操场、危楼房……，每当看到或听到这样的事件的发生，每个人每一个家庭都处在一种恐惧不安的状态中。

这到底是怎么了？社会分层如此厉害的当下，不断地频发公共安全卫生事件，且牵涉到的多是这个社会中被冠以"精英、高官、富商"的一类人，他们引领社会与时代的方向与步伐，他们的德行与修为亦会对更多的人造成巨大的影响，犹以坏的影响最为严重。试问，谁给了他们这儿大的胆量呢？如果一个社会的机制与法律对这些人约束不够，结果可想而知。如今世风日下，人人自危，不安于心，哪里可见，君子爱财取之有道。所谓道之不存，德之焉附？

司马迁在他的《货殖列传》中说：

"礼生于有而废于无。"
"故君子富，好行其德；小人富，以适其力。"
"渊深而鱼生之，山深而兽往之，人富而仁义附焉。"
"富者得执益彰，失执则客无所之，以而不乐。"
"故曰：'天下熙熙，皆为利来；天下壤壤，皆为利往。'"
"夫千乘之王，万家之侯，百室之君，尚犹患贫，而况匹夫编户之民乎！"

古人已经说得很明白了，利，害了家与国啊。权利越大，财富越多，某些人更是胆大妄为，无所不为，无利不为，谋财害命！所以更要把权利关进法律的笼子，即是这个道理。

谈话间，就有朋友调侃说："啥也别说了，回家好好挣钱移民吧，你看，有钱有权的人都把孩子送国外了，才敢这么祸害他人，祸国殃民！"听了不禁唏嘘不已。说这样话的人对现实该有多失望啊，这代表了不少人的想法吧。

临了一句，敬畏生命依然道阻且长，愿我们的社会上君子再多一些吧，愿法律的效力更大一些吧，以法治国方可兴国！

写作之我思

不觉已是暑假，我便少了日常教学管理的冗杂繁琐，能稍微休息片刻。闲时就想读点书写点文字，仿佛只有如此方不负这清幽时光似的。

说到写作，自己也总是在工作之余涂抹几笔，写点生活感悟与体会、人生思考与自然风光，记下自己的心路历程。但总觉得写得过于随性率意了些，在结构与文理、深度与厚度上仍然欠缺专业化写作视角，自然无法与名篇佳作相较之，心中不免有些怅然了。想想自己从事语文教学也已十几个年头了，和学生一起接触了不少的名篇佳作，可谓是做到了精讲细读，可到头来自己的写作水平提升却较慢，很多名篇只是当时觉得好，并没有读到深入浅出，以致阅读的过程并未为我的写作助力。

近几年来，也相继认识了不少省内写作名流，拜读老师们的作品的同时，也曾向老师们请教关于写作的要领。老师们大都谦逊指教，使我受益匪浅。

从教数年来，我总以同行中优秀者作为榜样，比如老舍、朱自清；比如曹文轩；再比如朱鸿等。我经常做着同样的梦，我希望自己也是那样的优秀写作者式的老师，我也梦想自己是以博学多才的书写者而被学生崇拜喜欢的，从而以榜样的力量影响并引领我的孩子们进入文学的圣殿，从此在愉悦与温馨的氛围中，使他们情动于心而发于声而后成文。一改他们往日在写作时的不情愿与应付潦草，而我也不必在给他们限定的课堂时间里，在教室里背手踱步，心忧怨叹，眼里还透着一束不易察觉的威严。想想就觉得很美好。

人不但需要憧憬，还应该立足现实。闲来无事时偶尔也会翻看自己之前写的文字，鲜有几篇好文，这样的现实，让我不禁为自己的懒惰而自惭了，那些写作的灵感稍纵即逝，总是与我擦肩而过，我挽留的动力实在不足，眼睁睁见它淹没在那些琐屑的寻常日子里，一去不回了。每天看着朋友圈里的写作者们辛勤创作的文字，心里只有佩服的份了。

写作于我而言，更多的时候，是一种与外界的交流方式。在这一点上，似乎写作者们都是一样的，包括那些名家也不例外。我酷爱散文，自己也写散文，自然不会少了阅读名家散文的环节。比如贾平凹的那种写实散文我就很喜欢，读贾平凹的散文不仅让我了解了他的人生大致经历和生活的细处，而且感觉一下子拉近了与大作家的距离。在阅读他人的人生足迹时感悟人生、体验生命，开拓了自己的写作思路与立意角度。

从某种意义上讲，每个人都有自己一些隐秘的、深邃的、无以名状和诉说的时刻与阶段，写作的过程恰恰完成了自己与自己的心灵的交流与对话，这即是一种成长与收获的过程。

书写是人生中的一种快乐的生命体验，我且为之。

永远的怀恋
——读白居易《忆江南》有感

　　东风拂面，柳条翩跹，花开千里江南。江南那么美，人人尽说江南好啊，春水碧于天，画船听雨眠。

　　白居易一生酷爱江南。少年时，家境贫寒，为避祸乱逃至江南，却被江南美景深深吸引。而后考中进士，一路做官，几经波折，起起伏伏。公元 822 年，白居易因为得罪权贵，被贬到偏远荒僻的杭州任杭州刺使，心情可想而知的糟糕，是江南的山水抚慰着他寂寥而落寞的心，给了他无限的宽慰，处江湖之远却也乐得清静。

　　春日里，娇柳扶堤，春水漾漾，水面初平，有早莺几处已在争着暖树，新燕也开始衔泥筑巢了。诗人骑一头白马悠闲地骑行在笔直的白沙堤上，俯视时，见到了即将没了马蹄的新草和那满地盛开的乱花，满眼迷离、满眼春意、满眼的喜爱啊，所以他说：最爱湖东行不足，绿杨荫里白沙堤。

　　白居易任职苏杭两州时政绩也是斐然的。

杭州虽自古有鱼米之乡的盛名，但因天旱雨枯又不靠海，全城百姓吃水与灌溉成了摆在大家面前巨大的困难。白居易亲率全城父老，疏浚沟渠，修筑沙堤，引水入城，这个前人未解的难题终于到他那里得到解决。短短三年之后，公元825年他又调任苏州刺使，离开杭州时，全城百姓夹道欢送，以泪洗面，不忍分别。但最终还是分别了。他晚年因病回到了洛阳，但他心底里最怀念的还是江南。

时间如酒酿，越久越浓，江南美好的经历被珍存了十多年，浓烈了魂牵梦绕的牵绊，终于在他67岁那年，一曲《忆江南》从心底唱了出来，响彻整个大江南北，那是一份永恒的真爱啊！江南真是好啊，草木山水、绿树红花是那样的历历在目啊，眷恋依然。

这一切的一切凝聚成一句千古名句"日出江花红胜火，春来江水绿如蓝"。从此，江南在人们心里就这样一直美下去了。

一世书缘情唯远

提起逛街,可谓是世间女子之最爱,不论喜怒哀乐的心境,只要携三五好友,花枝招展地出门,尽繁华之地,极目琳琅间,购心爱之物,食可欲之食,眉宇眼眸中,早已笑逐颜开了。

但与我而言,逛书城却是有其不可言说之妙处与趣味。每每说好的闲逛购物,但见书城,却止步不前了,看着紧迫的时间,必得安慰自己几句:逛一会就走,看看有无新书。迈步进了书城,快速找到自己心仪的文学艺术类书目,随即找一处静地,落座就读,那一刻任时间流逝,仍不忍放下手中捧着的书,仿佛外在的一切都无关乎己,只有扑鼻的书香溢满整个心田,静静地任每一个有温度的文字温暖我干渴的心灵与气魄,得到文字的滋养与饱餐。才会让枯萎的灵魂得到洗涤与沉淀,升华与提升,开拓继而进取,如弘毅之士,在人生的重任与远道上趁着正茂的风华,不念过往,不畏将来,不论路逢坦途亦或歧岖,艰难亦或险阻,清欢亦或繁华,相聚亦或别离,生老亦或病死。少了凡世的几多搅扰与纷争,诱惑与牵绊,不舍与痴狂,唯有静心的美好。

所以，我对书有千般的不舍与万般的痴心。如心中明镜般，治愈我的傻气与笨拙，安慰我小女子般的寂寞与莫名的惆怅，不安与闲愁，清欢与琐屑，伴我度过一个又一个平常地让人苟且的慵懒的如水般静气的日子。曾几何时，我又有多少次险些一头栽进现实的烦恼中，一个人、一句话就能让我不悦上好一阵，消磨我的心志，让我变得畏惧不前，彷徨不安，自我怀疑与否定，险些改变人生轨迹，混迹于周围人之中，从此淹没了自己千疮百孔的不世之心。但好在事情还没糟糕到无可挽回的地步，有书为伴，从此度我到心灵的彼岸。

人生而有奇缘，亦必有缘结，与我而言，书籍就像是我的至亲好友，每每拿与手中之时，亦是我力量感倍增之时，信心倍增之时。此生只能如此，择一处安静之地，捧一本挚爱之书，于流光岁月中前行，痴痴傻傻地闲闲慢慢读来，任凭春花秋月与夏风冬雪的点染与润泽，更迭与催促，走过一季的繁华与落寞，走过一生的悲欢离合与喜怒哀乐。就这样，在书页翻开与闭合间任时光游走与消失，任阶前点滴到天明。

月落山，书灯伴，不茫然，这样的人生与我而言，极好，美也！

改变贫穷

近日,一则感动了无数人的新闻被传,出身贫困家庭的河北女孩王心仪以707分的高考成绩被北大中文系录取。据王心仪的介绍:"我出生在河北枣强县枣强镇新村。枣强县是河北省贫困县,人均收入极低。我有两个弟弟,大弟弟和我一起就读于枣强中学,小弟弟还在上幼儿园。一家人的生活仅靠两亩贫瘠的土地和父亲打工得来的微薄的收入来维持。"

看到这些,我也被感动了,一个花季少女以她积极上进、努力拼搏、乐观坚韧的精神意志,在一条崎岖坎坷的人生路上杀出一条血路来,为改变自己及家庭的命运奋斗着。她穷且益坚,不坠青云之志,她苦心志、劳筋骨。她是同龄人中的佼佼者,她更应该是她的同龄人学习的榜样。媒体的报道从传播正能量的角度来看也是没有错的。但媒体如果把感谢贫穷作为核心字眼或放大来说,我个人认为还是有些过于刺眼了,而且并不具有普遍性与代表性。

在画面中看到这个叫王心仪的孩子,突然很心疼爱怜她,我从她身上看到了我的诸多的出生在农村的学生的影子。这么多年,我因为在农村执教，接触了不少这样的孩子，她们大多家境较为贫寒，父母以外出打工为主，多数时候由老人监管照顾或母亲照顾，由于家人教育观念的相对滞后，并不太会在孩子人生与未来方面有所规划，全凭孩子自悟自省。显然大多数孩子缺少的恰恰是王心仪身上的聪慧劲。她们中的大多数往往在学习上没有自信心、对理想渴望甚少。贫穷限制了他们及他们父母的想象力。初中毕业算是一个明显的分水岭，他们中的极少数优秀者会考入重点高中，还有一部分会上技校，剩下的一部分会选择步入社会。显然，王心仪一定就是他们中以学习优秀而脱颖而出的胜利者了。她们这些优秀的孩子凭借她们的天分与努力，正走在改变自己改变贫穷的路上，虽前路阻长，依然有光明召唤，这无疑是富有感召力的。

可那些出生在贫困之家，且被贫穷限制了想象与追求的孩子呢？她们才是我们这个社会真正的痛啊，她们早早走出校园，对她们而言，教育改变命运变得遥不可及。我清晰得记得多年前的一幕。

我平日总喜欢闲游，一日和几个文友去爬一座家乡的小山，走到半山腰时，见有一家简陋的农家乐，朋友便上前攀谈，坐定喝茶时，身背幼儿的老板娘一转身看见了我，热情而激动地大叫一声："张老师，好多年不见了！"我惊讶欣喜之余，心底里却略略飘过一丝感伤，这可还是当年那个活泼上进开朗的女孩吗？心中的一切疑问却不能过问。教育的改变力量在这个孩子身上变得微乎其微了。只因她出生在大山里，也许她这一生也便以山为家了。近几年在国家政策扶持上，秦岭北麓的居民相继迁出山区住上了政府集中建盖的房子，贫困的家境也在国家扶贫政策地大力帮扶下得到了有效的改善，但这个孩子美好的人生呢？我不止一次问过自己这个问题。

这么多年了，我接触了许多这样的孩子，她们因为贫穷，享受不到优质的教育资源，在家庭中父母对孩子的引领与指点又不够，很多时候是要靠她们自己自悟自省自觉的，他们从小就要学会保护自己照顾自己。

一次上课期间，我听见一个叫婷的女生不停哭泣，当问及原因时，她说可能忘记了关煤气灶开关，而父母都在外地出差，房东的电话也打不通，我听说后立即派几名得力的班干部护送她回家关煤气阀，二十分钟后，她回到同学们身边，脸上露出的笑容让我很欣慰，我也理解了她的伤心与焦灼。

即便是在一个班级或一个学校，处于敏感期的青少年也会感觉到别人异样的眼神，她们会因为自己没有好看的演出服而苦恼，她们会因为自己的某些不足而自卑，她们有时更会因为自身或家庭的原因放弃很多锻炼自己提升自己的机会。这些家境较为贫寒的孩子往往父母文化程度较低，思想有些狭隘，当孩子自卑时，又不能很好地配合学校的教育工作，久而久之，孩子真就成了问题学生了。

我的一个叫星子的学生，曾因为迟到不写作业而被我叫家长，交流间他父亲告诉我，他在商洛老家从未上过一天学，一个字也不认识，星子的母亲跟别人跑了，他在工地打工很忙，平日由老人照顾，这也是没有办法的办法了。再之后再给星子的父亲打电话，他从未接过我的电话，只是从星子的只言片语里得知，他的父亲认为星子初中毕业是可以在社会立足的，他们也只是这样一个人生定位。

时代不同了，改革开放四十年中，中国发生了翻天覆地的变化，但贫穷依然是一个绕不过的话题。

十年树木，百年树人，彻底改变贫穷需要至少三代人不懈而长期的努力，不仅在经济上、精神面貌上，还应该有人生观、价值观、个人信仰上的改变。推己及人，小到一个人一个家庭，大到一个地区乃至整个国家，无一例外。

零碎地写下此文，只希望在校园中有更多的灿烂笑容，只希望更多像王心仪一样的孩子都能留下一路欢歌。她们以后的人生路还很长，愿一路走好，不因金钱权力而迷失自己，不因自己与他们之间巨大的差异而妄自菲薄。

最后要说的是，请不要把考上北大与贫穷相提并论，这只是个例，不具有代表性；请不要把贫穷与金钱并列，两者内涵和外延很不相同。教育可以立人，知识可以助人一臂之力，命运的改变远远没有那么简单！

来日方短，去日苦多

好不容易熬到放寒假了。于是，长舒一口气，拖着疲惫的身体，愉快的心情，欢欣雀跃地迎接它的到来。

心底自是欢喜不已。终于，可以暂停一切的按部就班了，可以不用应付来自学校各方面的检查与规定了，更重要一点，不用整天与那些熊孩子们斗心眼，猜他们的小心思了。想想就心底乐开了花。

我生性好静，不喜纷扰，敏感多思，又渴望自由，只以读书写字为乐，稍稍能宽慰自己一颗不安与躁动之心。

平日里，要备课上课批改作业，又要应付各种校园活动、各种检查、处理各种师生关系，总是不免焦灼与疲惫，平添几分烦恼。

然而自己心里又巴巴地想在课余多看几本书多写几篇文字，把那些不断闪现在我脑海中却又可能转瞬即逝的灵感与思考，清晰流畅地记录下来，显然时间就不够用了，于是我把自己整得跟个陀螺似的连轴转还嫌慢，但是时间仍是不够用。

因此，我曾不止一次地懊恼自己，年轻时不懂得努力奋进与规划人生，以至将大把美好的时光白白浪费掉而不自觉。

许多要读的书都还没有读完，许多要做的事都还未付诸行动，许多想去的地方都还没有提上日程。就这样，匆匆的青春时光，就随流水烟花淹没在四季的轮回与风霜雨雪之中了，听不得一点声音与回响，悄然之间不经意地消失在我人生的某个不经意的瞬间与空隙，不曾给过我任何的回环与翻转，不曾给过我任何的改正与纠错的机会。

等到我清醒而冷静地审视它时，早已是于事无补了，我只剩下慨叹与哀伤的份了。我只能在不断地懊悔中祭奠我的青春与宏图伟志了。这是怎样的一种悲哀呀，恐怕只有我自己心里知道。

人年轻时，总是觉得来日方长，觉得将来有的是时间，不急不紧不慢。这样想的时候，就把大把的光阴蹉跎了。

显然那时是不自知的，在以前的以前，自己大概也总是觉得"去日苦短，来日方长"吧。

只是近些年，年龄渐长，经历的事情越来越多，见的人也越来越多起来，眼见得许多有能力又勤奋的人，因为自律而过着不一样的生活。而我一踏入中年，心情则变成"来日方短，去日苦多"了，忧心又多，嗔怪自己放纵时光的流逝，可见这是多么不一样的心境呀！

这样的心情也连带着影响到我对过年的态度。

放了寒假，就已进入腊月下旬，先抓紧时间办了几件在平日很难脱身去办的重要的事，拜访几位要紧的朋友，紧接着就是着急忙慌地买年货、大扫除，又为自己与儿子准备了几本喜欢的书。

即使这样紧凑地安排，一忙起来十几天就又从眼前一晃而过了。

吃过团圆饭，看看春晚，抢个红包，给所有的亲朋好友发去新年的问候，坚持到十二点，守岁结束，这就算过了除夕。

听着远处传来的几声爆竹声，我却久久不能入睡，刚才还为儿子说的祝我越长越漂亮的话高兴呢，可一想到自己又长一岁又老一回，要与去岁告别一番，不免觉得来日方短，去日苦多了！这又该是怎样的一种心境呢？

　　于是，大年初一带儿子美美地在城里闲逛了一日，吃了许多好吃的东西，后半夜爬起来，趁着儿子未醒，抓紧时间爬几个格子，看几页文字，想一些随想，发几回呆愣，叹几声傻气，方可平心静气一日，方能觉得不负此时，来日方短，我且找找它去，补了去日的未偿之愿，苦尽甘来，想必也是指日可待了。

　　去日也罢，来日也罢，不相辜负方为上上之策，方可解了这一处的苦楚与艰辛。

　　这样做的时候，我心里却是喜乐的，并不觉得辛苦，也不觉得无所事事。心有所托了，何言之苦呢？我于是更加觉得了人生的妙处。

　　不念过去，不惧未来，珍惜时光，是我此刻的所有想法。

遇见风景，心底生香

只要一有时间，我就会带儿子出门闲逛。我每次都会给他多说几个可供选择的目的地，为的也是便于他选择，而儿子每次都会在做选择前，机灵而郑重地询问那些从未到过的目的地的特别之处与优势所在，我也往往乐于向儿子详细说明介绍一番，以勾起他的一丝好奇与向往之意。

在西安这座城里，我带儿子去过不少地方，也看过许多风景，印象最深的、常常念叨的却是西安的书院门了。

最初带儿子去书院门闲逛，只是因了我的喜欢。我的确是喜欢书院门文化一条街的，虽处城市繁华之中，却少了车水马龙与喧闹嘈杂，既无普通市场的叫卖声，也无大喇叭里传出的打折促销声。走在青石板铺就的街道上，人们就会不由自主地放缓脚步，悠闲自在地驻足欣赏观看那些古意十足的小玩意、小物件，老板或者店员偶尔也会和你聊上几句，倒不会刻意推销什么。但我通常是看得多买的少，即便是不买，单是看看心里也会凭空生出许多欢喜的。

带儿子去书院门闲逛的时候，我们通常是要经过南门广场的地下通道的，儿子很喜欢走地下通道，大概是因为好奇的原因吧。但这一处的情景是必须从地下通道经过，因为地面上是禁止行人通过的。

儿子随我闲逛书院门时，与其说是我带他逛街，倒不如说是他陪我寻找心底的欢喜吧。

但好在他对书院门也不生厌，一见到这里不同于别处，好奇心反而被勾起来了。他忍不住也会用手摸摸，把玩一番。遇见自己中意的玩意也是流连忘返不已。

在书院门里，字画的买卖与创作每天都在发生着，古玩器皿呈现眼前，经年累月地沉淀下来，就有了它不俗的气质，含蓄与冲淡、素雅与沉稳、低调与奢华。这许是书院门吸引人的地方吧。

闲逛书院门的时候，对于那里的店铺，我俩都会一家不落地走马观花一番，看不同的物件，也观赏不同的风格，这些大小店铺就安置在这些民居中的门面房里，却也没有破坏这里的民居样式，基本上还是保持了关中民居的风格，很是惹人关注。

关中书院是一座经年日久的学校，且又座落在书院门街边。当我给儿子介绍关中书院的时候，他充满了向往，每次都会在门口留影，摆出各种搞怪的姿势，然后美美地离开，寻找下一个好玩好看的地方。但他不经意间就会从嘴里迸出一句："妈妈，我长大了要当学者"。惹得我好一通笑，儿子见我笑得开心，他也笑得乐开了花，随即又过来拉着我的手，脸上就有无限的关于未来的自信与畅往。这样的时候，我从不打断儿子的思绪，且由他去吧。

儿子在这一处，最喜欢的就是拍照和观摩书画创作了。

徜徉在书院门里，总有那么几处有人在现场创作书画作品，远远地就看到他们被一群人围观着，但人们也只是仔细安静地观看，并无人议论纷纷，窃窃私语却是听不到的。这样的时候，儿子总是要削尖了脑袋挤进人群里面，为的就是要近距离地看看，他又似乎被安静的气氛影响了，人也变得安静了下来，只是认真地观赏。但往往一幅画或一幅字创作出来，也需要15—30分钟，儿子就硬是留在那里，直等到创作者落了款盖了章搁了笔，他才乐呵呵地满意地离开。这样的情景在我看来实属难得。心里不免为他窃喜不已。

  不知不觉中，时间总是过得很快，等到儿子的肚子咕咕作响时，我才意识到该给他补充营养和能量了。于是，我们开心地离开了书院门。

被集体剿杀之后的苏轼

公元1057年，四川眉山。

20岁的苏轼随父亲苏洵与弟弟苏辙，经过一番商定之后，从四川眉县出发去往汴京，参加有生以来最重要的一次考试，并取得了第二名的好成绩，皇帝嘉奖了他。据说欧阳修看了苏轼的卷子后，错把苏轼的卷子当作他的学生曾巩的，恐怕判苏轼为第一名惹来非议，这是阴差阳错之下的结果。从此，苏轼开始了他的宦海浮沉与跌宕起伏的人生历险。各种际遇也是不断出现，时有发生。

21岁的苏轼在汴京分别得到了两位重量级人物欧阳修与司马光的认可和赞许，各路青年才俊达官显贵们也争相结交于他。

于是，年轻的苏轼作为京官外放到地方锻炼，被派往西北重镇，任凤翔知州时，苏轼以他的过人才华与胆略，在凤翔任上业绩斐然，好评如潮。

伴随着鲜花和掌声一路走来，苏轼却是个追求真善美的人。平日里，总是以真率秉直示人，全无半点心机与算计，夹在新旧两党之间，可谓是冰火两重天。因此得罪了许多心胸与气度狭窄之人，他们觉得苏轼抢了他们的风头，抢了他们的好处。于是，一群善于钻营富有心机之人，像约好了似的站在了同一阵营，他们被苏轼耀眼的光辉刺得睁不开眼，他们的嫉妒心前所未有地膨胀起来了，他们像一群恶狼一样发了疯般要置苏轼于死地，君子坦荡荡，小人常戚戚。他们开始疯狂地反击，只因苏轼过人的才华与政绩，苏轼成了这个群体中被集体剿杀的对象。他们不能见容于苏轼，只因苏轼的存在让他们相形见绌，他们不能见容于苏轼，更是因为苏轼的存在让他们丑态百出。

那些小人更是露出了狰狞的目光，齐聚一起共商剿杀苏轼的大计，他们齐心协力，分工明确，收买太监，撺掇皇帝，找来许多苏轼的诗文，日夜研读，断章取义搜罗苏轼的罪证，只要稍有进展，他们就会喜笑颜开。终于在他们各方努力下，制造了一起历史上前所未有的"文字狱"——"乌台诗案"，这是要置苏轼于死地而后快，让一个在诗文书画方面卓越的人沾染上了一身污水。苏轼被关入狱史台大牢，那些人便心绪舒展了，那个在那些小人眼里轻狂的、清高的高谈阔论又引经据典的苏轼不见了，再也听不到苏轼的不合时宜的言论了。

那一日开始，文坛与官场便再也很少见到那个爱抢风头、爱说真话，政治上总是站错位置的苏轼了。

只是这样害苦了他的家人，到处吃闭门羹，到处不招人待见。后来出人后出面说情，怜他有才，免他一死，皇帝下令把他发配到黄州任团练副使，从此远离了政治中心。

苏轼活得坚韧挺拔而又洒脱冲淡，苏轼在黄州城东边的坡地躬耕开荒，自建雪堂，足蹬芒鞋，身披蓑衣，不论风雨，不管阴晴，任烟云飘过，落了一身霞光，留了一心的豁达与坦然。

苏轼变成了东坡居士，世间无二，盖世无双，他的卓越、超乎物外、气度非凡。他通儒、通道、通释，他达到了世人所难以企及的人生高度，经受了那个时代文人从未经历的苦难与艰辛和磨砺。这恰是苏轼让人感动的地方。慨然，叹惜！

之后的多次贬谪，许是在意料之中的，不论谁上台，都不见容于他，历史仿佛永远地遗忘了这样一位大才子、大文豪、深受爱戴的可爱的读书人。只是他多说了些真话，多做了些实事，多得了些民心，抢了别人的风头，抢了别人的升迁之路罢了！

苏轼一路向南，去往人生中从未去过的荒芜僻远之地。只是依然害苦了他身边的家人与朋友。还好有朝云陪伴左右，少了几许孤寂与寥落，多了一丝温情与舒心。

热饭尚能享得。只是朝云命薄，不堪生活的颠沛流离与苦寒，凄然地离他而去了。

徽宗帝即位后，下诏召他回京，苏轼在北上途中，死在去往常州的船上。66岁的苏轼终于永远地离开了，终结了他几经波折的人生。起起落落之间，写就了许多催泪的而又生动、达观的诗文书画作品，这些作品文学与艺术价值极高，他成为一座文学艺术的巅峰，使他人遥不可及。

历史毕竟是公正的，也终于没有辜负苏轼的一片苦心，他突围出了小人的包围圈，突破了重重障碍，尽付了他一生的煎熬与苦痛后，成功也终于向他张开了笑脸。

触摸理想

理想对于每个人的人生都是不可或缺的，它可以成为一种指引，引领自我走入更高的精神世界，更好的完善自我，提升自我。

上大学的时候，我读的是中文系，自然接触的老师也都是学中文出身，并以此为职业志趣的人。正是这样的人以他渊博高深的知识，丰富的人生阅历与人生体悟，给了我莫大的鼓舞与启发，打开了我全新的世界与生命的历程。写作课、古文课、美学课上发生的点点滴滴也都让我终生难忘。我是那样的如饥似渴，如醉如痴地阅读与品味，我感兴趣极了。我的精神受到了感召，我曾一度激昂澎湃地立下宏志，希望自己有朝一日也要做像老师们一样的人。为此我几经努力，大学毕业后，多年工作中，多次产生考研的念头，但终因种种原因而最终放弃，终于与自己的梦想擦肩而过了。谈笑间不免自嘲，仅仅当作了自己年少时的疏狂与不羁之念吧！

从此，我放弃了我的梦想，游走在现实的苟且中。勇敢的心几经煎熬也残损不少，伤痕累累中，踽踽前行，我的痛从此深埋心底，再不肯轻易示人。环顾四周时，只有自己一人独咽苦水，不想成为他人的笑柄，恍惚间有时连我自己都觉得理想之于现实的不确定性了。何况在他人，可想而知，平庸是我的伴侣，无为是我的借口。

好在天无绝人之路。我的痛在心里左突右闯时，不懈地寻找着它的出口。

换了单位，也有机会接触到更多的朋友，这就像发酵似的，一而十，十而百，朋友的朋友，文友的文友，也都成了我的朋友，也更要感谢网媒的发达，见过面或者没见过面的文友，只要加了微信、博客，我就有机会向他们学习了。逐渐地打开了我的视野，开阔了我的心胸，提升了我的境界。不论是我的写作，还是了解他人的写作成果，我成了那个坐在路边为他人鼓掌的人，也得到了不少老师们的指点与提携。多次近距离与那些让自己崇拜的人接触。我虽在台下，他们在台上，我能近距离看到名家的风采、成就与谈吐；在饭桌上我虽在他们的对面，让我真实地了解了这些前辈们的苦乐与忧愁，他们的坚韧与执著，更有他们卓然的文采和对文学人生社会深刻的体察与思考。

十几年前，我曾经那么近地看到我的理想的模样与格局。十几年后我又近在咫尺地接触到我想要成为的那些人的样子。我常常冥想，这大概就是命运吧。于是，我不忍浇灭毁坏它，再一次将我的理想，以更具体化的形式，动情地出现在我的生命中，细致镌刻，让它从不曾离我而去，也不忍它的离去！

那一刻，我佩服的人，我想要成为的那些人，他们的举手投足，音容笑貌，声响言谈，就展现在我的眼前了，离我一步之遥，触手可及却又不可及，我的心能不为之颤抖吗？我的心能不为之动容吗？原来，我的理想依然与我如影随形，原来你一直对我关心切切！

以文会友，促成自我成长与进步。见到他们的样子，了解他们的动态，我知道我也必将以此为目标，奔忙在追随自己的理想的路上。

在路上，真好！幸好我此生终未错过自己的理想，还等什么呢？师傅在前面走，我必须努力跟上！理想在前面召唤我了，我不由地加快了脚步！

谈读书

  在最近一次的习作训练中，我为孩子们量身定制了一篇跟他们自身的学习生活有着密切关系的习作训练——《谈读书》，旨在让孩子们养成良好的读书习惯，并且使他们养成主动读书的习惯且个人意愿与人生目标都要与读书有一定的关联。

  对于十几岁的青少年而言，他们每天最重要的事就是与书打交道了。早晨起床后，父母总会送他们去读书的地方；课堂上，刚发了一会呆走了一会神，老师便厉声说到："×××坐端正，看课本……"；傍晚回家后，刚打开电视看了几眼，在电脑前玩了几下，父母便会连忙催促他们"读书去"！似乎读书已成为他们生活中至为重要的一部分了。

  但是，我很想知道，孩子们认知度高吗？他们的行动力强吗？他们对于自己读书的计划和目标的设定是怎样的？为了解决这些存在于师生与家长头脑中的困惑与疑问，我们需要进行一次深入地自我剖析与反观，审视自我，这是训练的目的。

  作文课一开始，我就向同学们提出本次写作的要求与预设，并且也对此次习作方法与表达方式等作了指导，并适时推荐给他们适合自己的写作方法，也表述了我对于此次同学们写作的预期。

接下来的教学环节，我给孩子们开设了五分钟自由谈环节，以提问的形式开始，抛给他们两个问题："你为何而读书？"，"你读书的目的、意义是什么？"。孩子们也都畅所欲言谈了自己的观点。有的同学说是为了自己未来有一份好工作而读书，也要回报父母，不想让父母那么辛苦；有的同学说是为了成为一个高科技人才而读书；有的同学说是为了自己将来获诺贝尔奖而读书；还有同学说是为了提升自己的素养与品味而读书……

结尾处，我引用台湾女作家龙应台写给儿子安德烈的一段话，"孩子，我要求你读书用功，不是因为我要你跟别人比成绩，而是因为，我希望你将来会拥有选择的权利，选择有意义、有时间的工作，而不是被迫谋生。当你的工作在你心中有意义，你就有成就感。当你的工作给你时间，不剥夺你的生活，你就有尊严。成就感和尊严，给你快乐。"我用这样的名言和孩子们一起共勉。

讨论与交流在热烈的氛围中进行着，又在一种充满激情与深思中结束，最后同学们进入写作的实战环节。

看着孩子们埋头苦练的身影和若有所思的眼神，我的心里久久不能平静。读书之与我们每一个人都是一生的大事，生命不息，读书不止，思考仍在继续。

作为教师，首先应该是读者，其次才是一个引领者。只有自己书读多了，才有勇气与力量带领孩子们穿过荆棘丛生的书与人生的山林与苦海，才有才情与诗意引领孩子们走向远方与梦想。且一路走来，鸟语花香，温暖舒畅，陶冶了心灵，启迪了智慧，开阔了视野，提升了境界，充盈了胸怀，美好了人生。

想到此，心头便有快乐涌出，幸福感也便写满脸颊。

《知否》：一个女人的奋斗史

最近热播的电视剧《知否》，也引起了我很大的观看兴趣，一开始先是被剧中独特的人物居住风格与衣服头饰吸引了，素雅而又低调，奢华却不张扬，据说沈从文先生是这方面的专家，也不知设计组是否受到他老人家的影响。

爱屋及乌总是有的。剧中着力塑造的正面女性形象也是让我喜欢的。随着剧情发展，赵丽颖饰演的女主角的形象也是不断深入人心的，全剧围绕明兰的成长与奋斗，演绎了一个女人一生的不平凡的经历。观看电视剧时，还是有颇多感触的。

一、懂得读书

记得剧中有这样一个情节：在明兰与祖母的对话中，她说："依我看，读书无用论这话，都是骗人的。如果读书无用，为什么天下男子，都要去科考，难道是闲得慌？"

我觉得这句话不过是那些男人们,希望女人们一辈子浑噩愚昧,乖巧听话,好摆布而说出来的。

一个养在深闺中的女子,能有这番见识,一看就知道是读过书的。

俗话说:读书多了,言语自然改变,周身的气质也随之改变,但我觉得读书最重要的是可以充实一个人的头脑,从而遇事不慌,运筹帷幄。

还记得快要科考时,庄学究让大家辩论"立嫡长乎,立贤能乎,孰佳"?

众人纷纷站在各自的立场上各抒己见,争辩不休。

问到明兰时,她却反问小公爷和顾二郎,问他们如有一位才高能干的庶弟时,会如何自处?

一番争论后,她缓缓说道.

"贤与不贤,易于伪装,难以分辨。

可嫡庶长幼,便是一目了然,不必争执,庶子若是真贤德,便不会为了一己私欲,毁灭家族;

反过来说,嫡子掌权,若是能够约束庶子,使其不敢犯上造次,也能永葆昌盛。"

听完这段说辞,庄学究连连赞叹:"六姑娘小小年纪,竟有如此见地,实在难得啊。"

林清玄说:"三流的化妆是脸上的化妆,二流的化妆是精神的化妆,一流的化妆是生命的化妆。"

在我看来,读书便是生命最好的化妆,读书多了,就会有不一样的思想和不一样的自信,对于身边的人情世故便也多了几分包容和理解。

年轻人常说身体和灵魂总有一个要在路上,在没有资本来一场说走就走的旅行时,读书就是我们最好的投资与选择。

总有一天,你读过的书会成为你手中最好的武器,让你的内心在这个浮躁的世界里变得平静、坚定。

二、懂得思考

她的婚恋观，即便是放在现在这个时代，也有很多可取之处。

比如明兰和祖母谈话时，对祖母说：

"一个女人若为了在男人面前争一口饭吃，反倒把自己变成面目可憎的疯婆子，这一生多不划算。"

明兰还有一个观点，我很是赞同，那就是：

"与人相守几十年，终究还是要看看，（品性）最低处在哪儿，能不能忍得下去。"

通俗一点说呢，就是与人相处时，不要看他春风得意的时候对你好不好，而是要看他落魄时、生气时、愤怒时对你好不好。

这个男人在最低处时对你的态度，如果你还能够忍受，那么你就可以和他在一起了。

三、懂得独立

明兰从小丧母，也不得父亲宠爱，但有幸遇上了盛老太太。

盛老太太早些年受了许多磨难，对于世事看得淡、拎得清，是个有远见、有格局的人。

所以在知道明兰利用长柏，让大娘子帮自己清理掉院内的奴婢时，盛老太太并没有责怪明兰利用长柏的感情，反而安慰起了心怀愧疚的明兰。

她语重心长地说：

"你的嫡亲哥哥，你的亲生娘，将来你的丈夫，亲儿女，终究跟不了你一辈子。

一辈子的路，是你怎么来怎么去。"

明兰本就是独立自强的人，而老太太的指点则让她看得更清："世界就是这样子，要想活下去、活得好，你就得靠自己。"

嫁人后，虽有顾侯爷庇护，但顾侯也不可能时刻陪在身边，有被外派出差的时候，有一不小心被流放的时候，能在心怀鬼胎的侯府众人中站稳脚跟，明兰依仗的还是自己随机应变，多方周旋的机敏与智慧。

每个人都只有一辈子，你也值得拥有一切美好，别将就，明明你那么优秀，做给大家看，也做给自己看。

努力，只为遇见生命中的美好

人生行走，可能会遇见一些低层次而又情绪化的人，遇见一些不如意甚至是自己觉得有些窝囊的事。气到自己牙根痒痒的时候，才会清晰地看到生活本来的面目，竟然如此可憎与厌恶，可自己却似乎全无反击之力。最终落在地上的只有一地鸡毛，从心底发出的只有一声长长的有气无力的叹息。心底里确乎是连一丝抱怨都没有了。

这样的现实，对于一个理想主义者来说，简直就是一种折磨。理想主义者们往往是将现实生活美化了的，心里觉得周围的人或事应该如自己所想那样，而不至于太过于糟糕吧？但现实的不完美却足够击溃他们心中所有的梦想。这种时候，如果意志力薄弱者，往往深受打击与伤害，这样的来自理想与现实的巨大的反差，足以浇灭他们所有的对未来的希冀与美好的向往。

终于有一天，我不小心也舔居知识女性的行列，读了一些美好的书，见了一些美好的人，去了一些美好的地方。从此，这些美好，便成了我心底里深深的烙印，挥之不去，不离不弃，使我心心念念地惦记。似乎连心眼也变大了，境界也开阔了许多，至少不会再为一些蝇营狗苟的小事，一些水平差层次低的人而伤肝动气了，那一股没有发泄出来的怨气，变成了激励自己不断前行的动力与勇气，奋起反抗命运的不公，也会深深责备自己年轻时的贪图享乐与安于现状。懊悔自己失去了选择更加美好生活的自由与权利，却只剩下挑剔的眼光，以至于在面对现实生活中的可鄙的人，以及人性中邪恶的一面时，缺少足够的反击之力，全无一点斗志，每每选择隐忍。但自己心中清醒地意识到，选择隐忍只是权宜之计，除了隔靴骚痒外，却是于事无补的。

理想被现实碾压了，在理想主义者心中是说不出的痛苦与悲伤。只是他们也往往刚强勇毅，不会轻易向人诉说，选择一种自我疗伤的方式。在黑暗的长夜里，一个人舔舐伤口，一个人想出各种办法解决眼前的窘境。理想主义者即使被残酷的现实击败了，也是个英雄，他们身体里本身就具有英雄主义的情结，哪怕让自己在某一时刻出演失败的英雄，他们也要竭尽所能地与现实中的不美好，搏斗较量一番，即使成为他人的笑料与话柄也在所不惜。

年轻时读到鲁迅的文字："真的勇士，敢于直面惨淡的人生。敢于正视淋漓的鲜血……"往往不喜欢鲁迅的言论，觉得未免过于生硬冷酷了些，但等到我已近不惑之年时，看见了人与人之间不见光不见枪的厮杀，暗中中伤，背后使坏，欺善惧恶之后，在渐渐明白一些世故之后，才真正体味到鲁迅作为一个思想家的魅力与光环，他的笔下写尽了一个个理想主义者，在现实中不断碰壁、遭人讥讽、甚至被孤立与打击时的无力感与悲哀，灵魂的呻吟最终幻化出激励后来者的有力的文字。

鲁迅先生对人性看得透彻，也分析得很到位，因为他本人就是一个理想主义者，他一生努力上进，砥砺前行，无畏于生活的不美好。

鲁迅的人生观是：一要生存，二要温饱，三要发展。后来又解释道："我之所谓生存，并不是苟活；所谓温饱，并不是奢侈；所谓发展，也不是放纵。"

一是生存，二是生活，三是理想。这是我对现实中的人的划分。但这样的划分却未必把三者完全隔离，生活中不仅有诗和远方，更有现实的苟且。在面对现实的苟且与远方的理想时，立足现实是首要的，尽管每个人在生活中都难免遇到窘迫的困境，却不能轻易被现实的苟且打败。

我常常在想，如果韩信当年在受了胯下之辱后，选择隐忍与忘却，如果司马迁当年受了宫刑后选择与现实妥协，那我们今天的人还会知道他们的当年的光荣与梦想吗？

近几年，交往了一些从公立学校跳槽到私立学校工作的能干的老师，他们跟我说了很多他们的心里话，他们把自己比作是那一锅温水中正在煮的青蛙之中的最敏感、自尊、清醒的那一只，他们终于在某些公立学校落后的管理、僵化的条框、以及人浮于事中，在备受理想的煎熬后，痛苦地离开了公立学校，离开时没有一丝犹豫与徘徊，而又是那么地义无反顾。且他们每个人的画风都是不同，明快亦或悲壮，而背后的辛酸却不足为外人道也。

除了这些名师，我也遇见许多更厉害的角色，他们也在无形中影响我，引领我，成为我学习的榜样。

一个人越努力，就会与自己当下所处的环境格格不入，丑小鸭在变成白天鹅之前所遭遇的种种艰难与困苦，其实每一个理想主义者都会遇到，作家安徒生其实更像一个勇敢的理想主义者，他用自己的童话告诉人们一个残酷的事实，唯有不断地勇于克服现实中的困难，跨越一个又一个人生的障碍，才能最终遇见那个更好的自己，到达属于自己的美好的归宿。

想到那些自己佩服的人，就觉得读书多了才是好的。只是自己读的书还不够多，又常常抱怨自己，底气与实力还不够足，反抗不公的现实的力量还不够强大，急切地盼望着绝地反击之时的到来，静待自己羽翼丰满。

努力过上自己想要的生活，努力实现自己多年的夙愿，努力变成自己想成为的人，努力，只为不辜负自己；努力，只为感谢生活中的不美好；努力，只为遇见生命中美好的自己！

在文学社里遇见

语文教学多年，因为自己喜好文字的原因，总是在教学的各个环节，或课内或课外，引领孩子们走进文学的世界，培养他们特殊而浓厚的文学兴趣。这中间就有许多孩子对文学、对阅读写作产生深层次的兴趣，有的孩子对文学的兴趣还很浓，但终因学习任务的繁重而不能坚持写作与阅读，并使之成为终身的兴趣与爱好，不免让人觉得可惜！

这期间，我就在想，如果学校专门成立文学社，使得这么一批孩子可以彼此交流，彼此鼓励、互相学习，且有较专业的写作老师的指点，成长一二，方不负彼此的一片对文字的热爱与苦心。

自己就是从学生时代过来的，那些影响我给予我帮助的人，曾引领我进入了一个又一个全新的文学的世界，开阔了视野与眼界，长了见识，当然也认识到自己的不足。一个人在成长中有人引领，有人提携该是一件多么美好的事情啊！至今令我依然感动的我的那位学长和我仁慈的语文老师，他们就是我开始阅读与写作时的贵人。书籍的世界是怎样的浩如烟海呀！文学家的眼光、情怀与语言，对人性的深入把握与深刻剖析，甚至批判与警醒，是我获得无尽的精神财富与养料的重要方式。

但不得不说，还是有遗憾的，因为没有较为专业老师的引领与指点，也没有制订一个长期的写作计划，从而坚持下来成为爱好。中间中断了多次，至今重又拾起，竟无形中感到了一些时间上的紧迫与压力。毕竟世间的事，更无后悔一说，好在天无绝人之路，在我突转之中，走出了迷失与焦虑，至此定下以写作为目标的自我书写与表达的方式。现在想来，仍然有诸多的遗憾，毕竟一个人的力量与眼光有限，一个人努力往往就像在大海上航行一般，难免迷茫与懈气，甚至退步与放弃。

有过这样一段艰难而痛苦的经历，我在学校行走时，就倍感疼惜那些有天分，有才华，又有情怀的热爱写作的孩子们，看到他们就如看到当初的自己一般。

于是，在校园里，我就变成了那个惜才爱才的人了。只要听到哪个老师说××学生爱阅读好写作、有见地、有思想，就会止不住要问上几句关于这个孩子的情况。恨不得与他们都彼此认识一下，聊聊文学，谈谈人生，畅想理想。久已有之的想法，在心里反复思考着，找到合适的时机，我鼓起勇气找到校长说了我的想法，校长也是一位有文学情怀的教育工作者，她欣然同意让我放手去做，心里的紧张总算是放下了，但毕竟自己没有经验，只有情怀是不够的，我应该好好静心思考一下关于文学社成立以及后期运作与维持之事。但心里的压力也还是挺大的，更有一丝担忧，担心在这封闭的校园里定会有别的老师认为我是爱出风头吧，但开弓没有回头箭，只能硬着头皮尽力做好这件事了。

文学社的成立与运作的确遇到诸多的困难，天性内敛又不善与人打交道的我，这下有了不少的麻烦，首先是与学校各个班主任之间的协调，还有与学校各部门的合作与协调，举行活动时的繁琐与复杂，心里的压力还是挺大的。但不管怎样，我终于与那些文学社的小精灵们见面了。他们大多是爱好阅读写作与朗诵的好孩子，书写的文字也还是很有感染力的，这些都让我很开心，油然而生一份欣慰与快意。为此，我激动了好多天，开心得合不拢嘴。

我想孩子们也和我一样，他们在这样一次特殊的聚集中，彼此了解了不少。包括彼此的姓名、班级、爱好与阅读写作的情形和状况。有的同学甚至有相同的爱看的书籍或共同喜欢的作家，聊起来当然有共同的话题了。

记得有一个叫皓哲的男孩，给我留下了非常深刻的印象，他酷爱《水浒传》，小小年纪竟然将此书读了多遍，对小说中的人物与情节更是了然于心，讲起来绘声绘色、形象生动，迎得了大家热烈的掌声。

还有一个叫文佳怡的女孩子，长相文静，话不太多，但内心细腻而又敏感，写起文字来同样深刻而富有人生的哲理，自从加入文学社后，她每每写出好的作品，总是第一时间发给我，即使在紧张而忙碌的学期末的复习阶段，她也从未放下写作练习，且不断有新的佳作产生，这使我倍受感动。

文学的世界，是一个自我提升、自我陶冶与净化心灵的世界，更是一个丰富身心与人生阅历的世界，在这里可以遍尝人间的疾苦与病痛，欢乐与梦想。亦能收获不一样的人生的感悟与体验。遇见，真好！

你的才华能撑得起你的野心吗？

　　爱好写作的人，大多至情至性，单纯敏感，内心丰富，有些喜怒无常吧。我似乎也是如此。只是缺少世故与心机的我，对迎面而来的算计与心眼，往往不能完全应付，不时有疲惫之感。

　　昨日，我因工作上的事，受了很大的委屈，在办公室发了几句牢骚，不想竟招来白眼，大有看笑话之意，待得愚钝的我觉察到自己的失态时，心里暗暗为自己的天真幼稚叫苦不迭。但为时已晚，学校虽在围墙之内，人多口杂，也是江湖，只是我情绪化一上来就全然忘记自己为自己定的戒律了。伤肝动气却也于事无补。

　　燕雀安知鸿鹄之志，这是我真实的回应，但我的窘态只有自己知道，强大的无力感沉重地撞击着我那颗不安分的心，挫败感亦使我感受分明。那一刻，我就像泄了气的气球。我有的只是无人可诉的苦心与初衷，我在心里默默地问自己，我能成为那个在黑暗中大雪纷飞的人吗？

　　平心静气时，我又为自己的小不忍而失意一番。也明白了，当一个人的才华还撑不起野心时，野心显露得越多，现实中绊绊磕磕就会越多，不利的人为因素的牵绊就会越多，非议也就越多，自己的理想还怎么早日实现呢？此刻，唯有韬光养晦，刻苦努力，积极进取，忍受别人不能忍的委屈，忍受别人不能忍受的话柄甚至嘲讽，把别人闲聊休息的时间，用来提升自己。我告诫自己，以后不允许再犯同样的错误了。

纵观人世的沧桑，即使是那些很有成就的大家们，也可能在未成名之前，窘态百出的。萧红说，她在独自一人被滞留在旅馆而极度饥饿时，看到屋里的一切都流下贪婪的口水，那该是怎样的一种饥饿的状态呢？但饥饿感无法阻挡她写作的激情，或者更确切地说是强烈的饥饿感催生了她的写作欲望。她在极度饥饿的状态下，凭借的只是自己的意志力，她要靠自己的写作强化自己活下去的力量与勇气。在面对屈辱与死亡的威胁时，萧红做到了足够的勇敢。

她在与命运抗争中，等来了她的男神萧军，萧军也并不曾辜负萧红，救她于危难之中，后来也因有了萧军的引领与鼓励，萧红在写作上走得很远，她的《生死场》《呼兰河传》得到鲁迅先生力荐与赞赏。萧红最终以民国著名女作家永载史册。

勇敢者一直在路上。有野心的年轻人大有人在。路遥在年轻时就对文学创作产生浓厚兴趣，并且刻苦努力地读书与创作，但因为文革的影响，几度停笔，耽搁日久，险些断送掉他的文学梦。对现实生活体悟深刻的路遥，他以黄土地儿子的身份，运用写实手法，终于书写了一部史诗般壮丽的黄土高原巨著——《平凡的世界》，作品一经问世，便好评如潮，反响热烈。

他以他耀眼的才华跻身陕西文学界，只因他不太懂得人情世故，再加上他本人生性木讷，又不太会处理各种人事关系，调到省作协工作的路遥是压抑的。他唯有以写作度日，挨过那些风雨如晦的日子，直至走完他人生中短暂的四十二年。

生命即使短暂，也要大放异彩。路遥身后著作等身，他的才华撑起了他的野心。

　　这样的人物故事，可谓是举不胜举，这些人也都有一个共同的特点，拥有无与伦比的才华和坚毅果敢的性格，在完成自己野心的路上，一路披荆斩棘，最终完成心愿，到达理想的彼岸。

　　突然就想到这样的一段话：当你的才华还撑不起你的野心的时候，你就应该静下心来学习；当你的能力还驾驭不了你的目标时，就应该沉下心来历练；梦想，不是浮躁，而是沉淀和积累，只有拼出来的美丽，没有等出来的辉煌，机会永远是留给最渴望的那个人的，学会与内心深处的你对话，问问自己，想要怎样的人生，静心学习，耐心沉淀，送给自己共勉。这样的话，于我有醍醐灌顶之妙用。

忠言真的逆耳吗？

这些年，我在担任班主任的路上一路走来，接触了许许多多孩子，他们往往个性迥异、性格不同，表现在学习的状态和做事的方式上也是完全不同的。

作为班主任，竭尽全力剔除自己的个人好恶与偏见，且从不去刻意厉声批评某一个孩子在某个方面明显的缺陷与不足。

不管他外向还是内敛，不论他好动还是安静，搞怪还是严肃，尽量以真诚的鼓励与劝诫，让他们走心入心。起到正面教育的效果。

在从教多年之后，深刻地明白了一个道理，教师手中无形的戒尺，对学生只有引导影响的作用，却从来不能改变他们什么，比如天性中的不足。只是我当初在教雨熙的时候，还未深悟这其中的道理与真谛。

以至造成了我们之间深深地隔膜。她在我的班里一年，总是时不时面露窘态，低首驻足，若有所思。却不曾快意与舒畅、无拘无束地与我交流沟通，以至让我有些许的遗憾。

熙是一个较为内敛的女孩，平日里热爱学习和阅读，自我管理能力很强，认真踏实，同学们一致推选她当班长。

她在班长任上，依然努力学习，只是在班级管理上，不是特别给力和用心，也不能完全说服他人，以至班级事务在她那往往被搁浅。

甚至出现班长所在的小组卫生打扫不彻底等现象，当我问及此事时，她却是委屈的，她干得比别的值日生多，却没有影响到她们组的别的值日生，反而使得其他的值日生有逃避劳动的现象出现。

最终我做为班主任，不得不处罚她们组的值日生。熙的委屈增加了许多，但她仍然没有为自己争辩，也没有为自己诉苦。只是选择了默默承受，这怎能不让我心疼呢？

碰到这样的情况，我的心里比较着急，我就直接了当地指出她的不足，告诉她老师的期待，也教给她处理此种状况的方法。

我告诉她，希望她不仅学业优秀，更希望她在班级管理上提升一下自己的领导才能。感觉她当时是听进去了，但她却是做不到的，许是本性使然，我的希望最终也落在了空处。

时间过得很快，熙依然努力刻苦，但她依然选择与我保持距离。

我常常想，每个孩子首先都是她自己的，她们也只会在大多数时间，听从自己内心的声音，即便是父母师长，也不能改变她们什么。因为我的刻意要求，使得雨熙压力感倍增，让她不快，这是我施加给她的。她许是不适合担任班干部的。可惜，我当时并未明白过来。

心无杂烦，清静自美

春节里，遣了家人去走亲戚，家中只留我与儿子，一下子感到清静许多。儿子还小离不开母亲，我在哪里，他便在哪里，我做什么也便对他影响较多了。

吃过早饭，我在书架上为我和儿子选好了书，准备开始上午的阅读。儿子尚小，认的字自然不多，主要还是我读给他听。一起读的书是《唐诗三百首》。

儿子自是喜欢我读给他听的绝句，五言也好七言也好，短小且又琅琅上口，我大声地读，他也大声地读，我抑扬顿挫地读给他听，他就眨巴着眼睛一边听一边品味，眼中是充满灵气的，我见他喜欢也就读得深情，儿子很享受这种亲子阅读的方式呢。

没过多久，他似乎有分散心思的状况，我见状就许他玩耍一会，我把手机调开，播放出儿子喜欢听的儿童故事，他一面听一面玩他的玩具或积木，我则刚好有一个整段空闲的时间，看我自己喜爱看的书，没有电视的影响，没有其他家人的走动与闲话的声音，在我倾力打造的这个书香味浓的客厅，儿子一下子安静了下来，我的心也安静下来了。我看自己喜欢看的书，他做自己喜欢做的事，我们都觉得挺好。

咸也好，淡也好。我聚力看我的书。也会不时看向儿子的方向，彼此心里都觉得了一份满满的幸福。没有外界打扰，没有纷繁的琐事，我平静地与儿子相互陪伴，想彼此所想的事情却不慌乱、不烦躁、安心为之，尽力为之。

我这样想的时候，止不住笑出了声，这样静好的岁月，并非奢求而来，它随时就在我身边，只是我视而不见罢了。不曾见到也不曾善待之。匆匆忙忙的日子，有时是看不见头的，忙乱又不免使人心生焦虑与烦恼，纷繁的琐事有时也会蒙了我们的双眼，仿佛跟自己较足了劲似的，非要争出个红白胜负才肯罢休，而结果却往往不尽如人意，心绪自然不宁，心里自然添堵，颇为烦闷当在其中了。

久而久之，反而影响了自己的人生追求与生活目标，怅怅然不已。当今日的清静尽现我眼前时，我也会会心一笑。也不枉自己深悟一番吧。人生本就不可过多执拗于无妄之念，执拗过多反而伤人伤己，悔恨终身，不如放下泰然处之。

这样想的时候，不觉已是中午时分，儿子要吃饭了，我也饿了，生活依然继续它最初的样子，我的心境已发生了巨大的变化。自足最幸福，清静最美。

看望一棵树

只要一有机会，我就会去看望一棵树，这几乎成了我的一个不期而约的习惯。久而久之，习惯却成了自然，只要经过环山路，就总会去看望它，看它巍然而立，看它新叶吐翠，看它浓荫如盖，看它果实如坚，也看它叶落成金……仿佛所有的等待就是为了遇见的那一刻，所以我至为珍惜每一次遇见。

我看望的这棵千年古树，位于终南山下的百塔寺后院，为西晋时期栽植，距今1700多年，枝繁叶茂，被称为"中国第一银杏树"，"千年活化石"，树高30多米，树冠面积100多平方米，树围达18米。

一棵树生长了千余年，在我心中是早已奉若神树，心里更觉着它的灵气与精神了。年少时开始，我曾不止一次地看望它。从少年时，和老师同学们去参观它开始，历经几十年从未间断，只要一有机会就会和文朋好友去看望它，亲近它，仰视它，抚摸它，谈论它。关于它的话题就从未在我耳边远去。

说句心里话，我不太懂佛法，对寺院有一种陌生感，但我依旧喜欢寺院的清静与幽香，一株兰，一龛香，一扇门，一蒲扇，一幽径，一舍塔，亦可度我心，但终究还是因一棵守望千年的树。守望了千年的古树，你来或不来，它都在那里静默着。看望一棵树，让我相信沉默的力量。平静地生长千年，眼见人世百态、时世变迁，眼见春华秋实，季节更迭，眼见少年白发、生老病死，就这样宠辱不惊，看庭前花开花落，去留无意，望天上云卷云舒。尽现大自然的神工，尽展不言的天地之大美。

看望一棵树，在我心有所想的时候。

看望一棵树，在我事不如意的时候。

看望一棵树，在我心绪颇不宁静的时候。

看望一棵树，在我力感世事维艰的时候。

看望一棵树，在我眼见人心险恶的时候。

看望一棵树，在我备受理想与现实煎熬的时候。

看望一棵树，在我真切地体验真情不复的时候。

看望一棵树，在我深刻理解人生之无力感的时候。

看望一棵树，在我走进人生中年的重负的时候。

看望一棵树，在我怒而无言的时候。

就这样匆匆走过几十载，看望一棵树。大树依旧屹立不动，如我初见它的模样一般，而当年的少年早已长大成人。

万般滋味上班途

早上起床,我总是以最快的速度穿衣、洗漱、吃早饭,不同的是,我做这一切时会尽力把声响控制在最小程度,即使动作悄悄地,依然心里有一丝的担心,怕因为自己的不小心而惊动睡梦中的儿子。昨晚他睡得很不安稳,一定是因为嗓子发炎的原因吧。

初冬的天气干燥且雾霾严重,孩子也表现出了种种的不适应。于是,生病了。说实话,我最怕的就是孩子生病了,他一生病,我就紧张得不得了,不是怕这就是怕那。昨晚吃了药,但孩子还是很难受的样子。小孩子就是这样,一生病就变得特别粘人,他一定是想让自己在忍受病痛时能得到母亲的抚慰与关爱吧!

但今天,因为要上班,我不得不选择悄然离开,我许是怕了他在与我分离的那一刻的撕心裂肺的哭闹与万般不情愿吧。但不巧的是,当我收拾齐全准备离开时,儿子已经不知何时从卧室出来,光着脚站在我面前了,声音娇弱而又万般难过,我只好放下手中的包和车钥匙,抱起孩子重又回到床上,一边抚慰他,又一边鼓励他,告诉他他是真正的男子汉所以吃药是不怕苦的，穿好衣服的儿子慢慢平静了下来，但眼泪依然在眼眶打转。我一看时间，赶紧拿了包冲出门外，只见得儿子在门口和我挥手再见，听到他说："妈妈早点回来。"听得我眼泪都快要下来了，但我终于还是忍住了。那一刻我是多么想回去抱着儿子，陪他一起度过难忍的痛苦时光啊。

这一场分别，注定是难忍的万般滋味在心头了，我百感交集，不能自已，却又别无他法。

深情之美

不知因何缘故，很喜欢"深情'一词，觉得很优雅、端庄、美丽、多情，想到它，头脑中就总会出现一女子蓦然回首嫣然一笑的温柔，和那如怨如诉、亦笑亦嗔的浪漫惊喜和美妙回眸。就像志摩《沙扬娜拉》中"最是那一低头的温柔，像水莲花不胜凉风的娇羞……"，凭谁见了听了，不为之心动？后来读到汤显祖的《牡丹亭》中的句子："天下女子有情，宁有如杜丽娘者乎！梦其人即病，病即弥连，至手画形容传于世而后死。死三年矣，复能冥冥中求得其所梦者而生。如丽娘者，乃可谓之有情人耳。情不知所起，一往而深，生者可以死，死者可以生。生而不可与死，死而不可复生者，皆非情之至也"。始知此词的出处，方觉情深不过如此。一个人在世间行走，多的是擦肩而过萍水相逢的经历，但也总有那么一个人，只因在人群中多看了一眼，便再也不能忘掉他的容颜，从此开始了无尽的思念，一见钟情也好，念念不忘也罢。总之，那最初的美丽，就定格在那里，任流光辗转，岁月消磨，洗尽铅华，美妙依然，羡煞个人！

一、倚门回首

点绛唇

蹴罢秋千，起来慵整纤纤手。露浓花瘦，薄汗轻衣透。

见客入来，袜刬金钗溜。和羞走，倚门回首，却把青梅嗅。

春日的清晨，在花园里，绿杨掩映着秋千架，架上绳索还在悠悠地晃动。少女时代的李清照刚刚荡完秋千，两手有气无力，懒懒地下垂着，在她身旁，瘦瘦的花枝上挂着晶莹的露珠；在她身上，涔涔香汗渗透着薄薄的罗衣。春天的花衬得她格外的娇美。蓦然之间，进来一位翩翩少年。猝不及防之时，抽身便走，连金钗也滑落下来。她走到门口，又强按心头的激动，回眸偷觑那位少年的英姿。为了掩饰内心的失态，她嗅着青梅，边嗅边看，娇羞怯怯，昵人无那，深情无限，娇美依然。

事实的确如此，易安居士和她的赵明诚果然喜结连理、琴瑟和谐、赌书泼茶、志同道合，相看两不厌几十年，从来不曾辜负初见的一往情深。在文学史上，留下一段难忘的佳话。不经意之间，任凭后人羡煞不已。

二、桃花美人

残夜入更，辗转难寐，有诗一句，萦绕于心："大抵西泠寒食路，桃花得气美人中"，使人如同瞥见濛濛的春日烟雨之中，一位婀娜娉婷的芊芊女子，正独自漫步于青苔小径之上，春寒料峭，垂杨嫩柳，青翠可人，正是眼前寂寥无行之处，回身不忍之时，忽地千树万树桃花同时怒放，灿若云霞。花影人面交相辉映。光艳绝伦。不由使人神醉……

一种灵性，一个女子，烟雨江南，一段佳话，河东君与她的牧斋，不知情动了多少世间的痴男怨女。

　　那一日的西湖，碧波荡漾，高柳夹堤，桃花漾漾，柳如是趁着春情去游西湖了，映入她眼前的美景着实让她着迷，心中的诗情不期而至，她有感而发题就一首《西湖八绝句其一》，她题的诗，恰巧被游湖的东林领袖钱牧斋听得，亦做诗应和，真可谓是以诗为媒成就了一段佳缘。柳如是的美丽和才华、胆略和见识深深打动了这位学界与士林领袖，五十九岁的钱牧斋以正妻之名在白日迎娶二十四岁河东君，此后两人琴瑟相和夫妻恩爱一起生活二十多年，直至钱谦益去世。对此世人多有不解，他们也一并遭人讥讽。我却固执地以为：世间竟有这样的男子，可以不顾宗法礼教与世俗年龄的偏见，真诚与一位烟花女子相爱相知相伴，隔着几百年，依然让人觉出他的可爱与率真！不为别的，只为一份心意相通！无怪乎民国学者寅恪君在他的《柳如是别传》中对钱谦益此举也有婉转褒扬。

　　如此说来，在秦淮八艳之中，相较之下，还是柳如是比较幸运一些吧。知音难觅可见一斑，纵然弦断，纵然把栏杆拍遍，未尽其然。一位美女不以貌悦人，才思涌动中尽得风流，百转千回之后，仍令人动容不已！

三、前世今生

　　《红楼梦》第三回"贾雨村夤缘复旧职，林黛玉抛父进京都"写道：一语未了，只听外面一阵脚步响，丫鬟进来笑道："宝玉来了！"黛玉心中想着，忽见一丫鬟话未报完，已进来了一位年轻的翩翩公子，黛玉一见，便吃一大惊，心下想道："好生奇怪，倒像在那里见过一般，何等眼熟到如此"……宝玉早已看见多了一个姊妹，便料定是林姑妈之女，忙来作揖。厮见毕归坐，细看形容，与众各别，因笑道："这个妹妹我曾见过的。"贾母笑道："可又是胡说，你又何曾见过他？"宝玉笑道："虽然未曾见过他,然我看着面善,心里就算是旧相识,今日只作远别重逢,亦未为不可"……

听到这样的对话,只觉亲切真挚,再结合第一回回目中介绍的关于绛珠仙草与神瑛侍者间的一段奇缘,细看时,方才明白木石前盟的由来,这怕才是个中缘由吧。想来林黛玉和贾宝玉竟有如此深的前世今生之缘,也就无怪乎此了。所以曹公笔下挚爱的黛玉就总是在抹眼泪,哭是因为宝玉,笑亦是因为宝玉,一往而深的纯情,生生死死的挚爱,将深沉而炽热的爱情如泣如诉地演绎,是单单属于她和她的宝玉的。

此之谓:
  缘浅缘深不知处,
  只因无意一回眸。
  多情一笑最怜爱,
  演绎人间爱恨愁。
  句句写来皆似嗔,
  文学再塑美人羞。
  挚真心绪情缘起,
  芳华过尽更媚柔。

我心中的园林印象

我从小生活在终南山下的一户小农之家,世代以耕读为业,已易三代,自然无缘见及所谓的园林。而最早知道关于园林的介绍,是来自于曹雪芹的《红楼梦》。

十四岁那年,我用自己的零花钱买下了我心仪已久的一本《红楼梦》,终于不用跟同学蹭书读了,兴奋之余我如饥似渴地读着。其实那个时候因为年龄小对书中诗词一知半解,复杂人物关系也有些许的含混不清。唯有书中的一个个美艳而多才思的女孩儿们,以及她们快乐而幸福地生活过的、如诗如画、如世外仙境般的私家园林——大观园(省亲别墅),给了我最深的园林印象,这最初的印象让我觉得它由内而外的美。

如果说陶渊明为中国文人找到一方世外精神乐土,以治愈文人阵痛不安的入世之心病。那么曹雪芹则更贴切更艺术地凭借他的高超的文学艺术才华,为每一个人找到一个近乎现实的避世家园,不用像寻找桃花源时历尽波折。那个地方就在自己家的后花园里,随时随处可以享受、可以欣赏,在现世的鸡飞狗跳鸡鸣狗盗中安顿一颗避世之心。曹雪芹无疑是伟大的文学家和艺术家了。园林既是一方乐园，又承载着文学家对理想与爱情的期待。

　　大观园是借着元妃省亲的由头建起来的，是一座集中国古代皇家与私家园林为一体的诗画庭院，那里的山水池鱼、轩榭亭台、曲径石林、林树虫鸣、鸟语花香，无不写尽曹雪芹这样一位旧式文人对精神家园的追求与渴望。那么美的地方在元妃省亲结束后，又搬进去一群爱美又多才情的女孩子，她们每天在那里读书交流、观赏、逗乐、嬉戏，结诗社对对子，谈天说地……

　　多年后仍能想起初读《红楼梦》四十九回时，心旌摇曳醉心神往的一幕。大观园里落了一场大雪，众人相约到芦雪庵起诗社，后又从凤姐处讨得一块鹿肉，烤好后大块朵颐地吃起来，吃鹿肉、赏雪景、对诗联句。湘云、宝钗、黛玉可谓是才华出众文压群芳。因宝玉联诗欠佳，就罚他去往栊翠庵妙玉处折几枝红梅回来插瓶。归来时，宝玉又见一白雪红衣妙人，衬着上下一白的天地，简直就是一幅绝美的冬雪美人图。雪中的女子，那个远远走来的邢岫烟又是那么的卓然独立……

　　后来，在汤显祖的《牡丹亭》中又读到这样的关于园林的文字：

《皂罗袍》

原来姹紫嫣红开遍

似这般都付与断井颓垣

良辰美景奈何天

便赏心乐事谁家院

朝飞暮卷

云霞翠轩

雨丝风片

烟波画船

锦屏人忒看的这韶光贱——

　　春日里，曼妙多姿婀娜婷立的太守之女——杜丽娘，偶有游园之想，即携丫环春香去往自家的后花园遍赏春芳。园林中的美景深深感染打动了这个妙龄少女，游园归来，杜丽娘做了一场春梦，梦中遇见一个折梅的翩翩公子，从此，便一病不起，死后葬于园中梅树之下，后托梦于柳公子，说服她的家人开棺救尸，在美丽的园林中上演了一出动人心魄又感伤凄美的还魂记。此所谓：玉茗堂前朝复暮，红烛迎人，俊得江山助。但使相思莫相负，牡丹亭上三生路。

　　我最初的园林印象大多来自文学作品，如梦如幻的故事就发生在充满意境的理想王国——园林中，以园林为背景上演着人世的喜怒哀乐与悲欢离合。这也充分显现了文人的理想与意趣所在。

　　园林古已有之，魏晋之后继皇家园林的出现又有大量私家园林出现于上层文人的生活中，宋明清时犹盛。由于地理人文原因，园林主要出现在江南一带，北方较少。似乎庭院成了文人达官的标配，园林承载着他们向往自然崇尚艺术的人生机趣和文化情怀。当然，也为不能经常出门的女性打开一扇亲近自然之窗，从此，秋千架上春衫薄……

　　是啊，这样美的诗意庭院，凭谁看到，都会心动不已，我之向往，不过如此！

从《伤逝》中走出的子君

我比较喜欢看名家著作改编的电视剧或电影，看热剧《我的前半生》也不例外。爱看电视剧更爱看作家亦舒书写的关于女性小说。那句经典：不念过去，不畏将来，更是深深吸引了我。

当子君、俊生这两个名字出现时，立即让我心头一惊：怎么跟鲁迅先生的小说《伤逝》中的男女主公的名字一样？我其实是带着好奇走近亦舒的。香港的亦舒是当代著名作家，作品多写都市丽人及知识女性的生活、工作、爱情及婚姻，人物个性鲜明。犹为可贵的，亦舒可是一位鲁迅迷，她在早年就通读了《鲁迅全集》，且挚爱有加，甚至不惜将鲁迅先生的作品名或人名直接写入自己的文章中。这是我的一个重要发现吧，文字是可以影响一个人或改变一个人的观念与风格的。

鲁迅先生是二十世纪初伟大的文学家和思想家之一，作品不管从文学艺术角度还是哲学思想高度上，都给一代又一代读者启发与思考，且文章不厌百回读。鲁迅先生不愧是大师级人物，即使不长的《伤逝》读来也是引发了同时代乃至后代的人们关于婚姻与爱情深沉的思考。我们今天读来仍是受益匪浅，可见其深远影响。

我们先来了解一下作家创作的社会现状，二十世纪初的中国，自五四启蒙运动之后，号召女性解放的呼声不可谓不高。于是一个个知识女性纷纷走出家庭接受现代化的教育与理念。知识女性们也更加注重个体与群体的独立、自由、自立以及个性，崇尚爱情与婚姻的自主选择权，而鲁迅的《伤逝》就是这一时代的产物，鲁迅以他冷峻深刻的目光，反思批判的现实主义写法，有针对性地写了一篇关于知识女性的婚姻与爱情的小说。文中的子君是一位新知识女性，她有着一定的独立自主的爱情观，当爱情来临的时候，她不惜冲破重重险阻，不顾家人反对，勇敢地跟着自己的爱人涓生离家出走，最终走入婚姻。但婚后的生活因为经济的拮据与两人观念想法的巨大差距，使得子君变成了怨妇般的女人，全无当年的知识女青年的追求与梦想，最终导致涓生不愿回家，两人分手，子君用自己的婚姻埋葬了自己的爱情，也在千疮百孔的绝望婚姻中迷失了自己。这样带有很强现实意义的故事，看到最后让人唏嘘不已。子君以后的人生该是怎样的一路泥泞与坎坷啊？对爱情该是绝望了吧？

美好的梦确是破灭了！却也引起了全社会关于知识女性话题的热议与探索。且这个话题在整个二十世纪始终热度不减。而亦舒的小说《我的前半生》就是很好的佐证，作为知识女性中的精英，亦舒用她的小说向世人传递着她关于婚姻的见解与思考。虽然时代不同，知识女性在婚姻中面临的问题不同，但细心的读者还是会在两个子君身上找到相似点：1.把幸福寄托在婚姻上寄托在男人身上；2.进入婚姻后没有自我提升的欲望；3.没有生活的长远规划；4.男人都不愿再回家了；5.婚姻破裂；6.都经受着婚姻破裂的残酷打击。所不同的是在亦舒笔下的子君被迫走出婚姻后，全无之前的恐惧与无助，继而在沉重的打击下变得自立自强果断与勇敢，重回职场打拼，找到自我，重塑自我，超越自我！变得从容坦然。这当然有时代原因。但无论如何，我们是清晰地看到了鲁迅先生所塑造的这一文学形象——子君的深远影响的。

　　热议也罢，追剧也罢，无一例外地反映了社会现实的普遍存在。也许每个女性身上都有子君的影子，亦引发无数女性对自我现实的反观与思考，从而起到启蒙教化的作用，我想文学的现实意义也就够了。

田小霞的活路在哪里？
——读《白鹿原》

活路不是出路，出路有其特定指向性也指一个人的发展与目标，活路则直接指向生命本身。

小说《白鹿原》中的小娥倍受读者争议，当然有其复杂性与不合常理性。因此这个女性角色更能触动人最柔软的神经，批判或者同情。但我更多的思考还是关于作者塑造人物的初衷。时代不同，但人们对爱和自由的渴望却是相同的。一个女人为什么不能呼吸着自由的空气去享受爱情呢？我想这许是作家留给读者的追问吧。那为什么呢？当生存问题摆在第一位时，一个没有独立人格和地位的普通民妇，唯一的依靠就只有男人，不管少长、美丑，只要能满足生存之需。田秀才把美丽的女儿嫁给经济殷实但已年过花甲的男人就是很好的说明，田秀才总以为女儿从此享福了。却不知小娥没有爱情与自由的煎熬。和黑娃相好以至被退回娘家再到后来和黑娃一起生活，也许是这个可怜的女人一生中最幸福的日子。尽管依然依靠男人，尽管幸福非常短暂，但生存、自由与爱情同在。

　　田小娥后来的种种表现，以及那些为乡人所不耻的行为，却恰恰突显这个女人的可怜与无助，也最能触动读者内心最柔软的地方，让我们清晰地看到男权社会下女性被侮辱与被损害的一面。但唯一的例外是那个叫白孝文的文弱男子，他对小娥只有满眼的怜爱与疼惜，所以小娥在万念俱灰的时候，还有一丝感动与流泪，一定是在孝文败完了家，无奈地离开前，送给小娥的一点生活费的时候吧。

　　我很不认同人们普遍地对这个女性的批判与讽刺，难道小娥跟着那个老朽的男人从一而终才是正确的人生之路吗？可见小娥留给人们的思考的深度自是不一般，可见作家塑造这一人物的目的。一味地批判，亦或是一味地同情都是较为片面的，我想关键就在看清楚了、看明白了悲凉之后的感动。这恰是具有悲剧色彩人物的意义，这体现了小说的时代性与进步性，以及对人性恶的一面的批判和蒙昧的启发作用。

只言片语

一

　　《昆曲百折》李益著，上海古籍出版社出版，用时八小时大略读完，选录的都是明清时，著名曲谱的名折名段，并有简要叙述及赏析，融入了作者个人的见解，简明扼要而又精辟深刻。昆曲至今八百年，主要流行于江浙一带，久唱不衰，婉转优雅清丽柔美，以其独特的水磨调，融曲于山水人文之中，至真至美，充满性灵。犹其是那些广为传唱的名段更是令爱好者爱不释手心驰神往。无怪乎白先勇先生在《我的昆曲记忆》中表达了自己难以抑制的热爱昆曲之情。每一出表演背后都是一个荡气回肠、爱恨情愁的人间故事，接地气书民愿，内容包含家国情怀、才子佳人、伦理道德等，话题将读者与观众引向一个个绝妙的情节之中，真切感受角色的真性情，直指人性与欲念。人物性格塑造独特而鲜活，一旦相识便从此绝难忘却，如杜丽娘、柳梦梅、崔莺莺、张珙、春香、红娘、林冲、红拂女、赵盼儿、杨玉环、朱买臣、李香君、潘必正、陈妙常等等不计其数，昆曲表演者为我们塑造了一个又一个美好的昆曲形象，水袖一甩玲珑剔透，无限遐想与万种风情，就定格在舞台之上观众心中了，永远挥之不去！

二

偶然的机会，观赏了话剧《秦岭深处》，心中思绪不平良久。此剧讲述了上个世纪末一群为响应国家号召，建设提升国防军工事业而慷慨以赴扎根秦岭深处，进行导弹研究的军工人的可歌可泣的无私奉献的故事。历时一时半，围绕导弹研发受挫到成功发射，故事情节凝练，主要人物性格突出。那里的每一个人都是那么纯粹、执着、拼搏、热情而充满理想又不怕牺牲。话剧表演就有这么个好处，舞台就在眼前也在脚下，有如临其境之感，当刘娟因为发射导弹而牺牲时就会让观众伤心不已，当发射受挫且没有经费时就会跟着着急，当大军去拆弹时就会为他紧张担忧……

这样的表演看得人血脉喷张激情飞扬，悲喜之间尽是感动不已。真可谓是：秦岭深深云飞扬，安心处处是吾乡。青山绿水埋忠骨，人生何时不风光。

英雄们将与青山一起，永远不老；

英雄们将与绿水一起，永远长存。

身边的幸福

　　旧日是一杯美酒,年岁愈久,味道愈佳。想是不错的。
　　春节前夕,兄弟带着妻子从外地赶回,我也和家人回到父母身边,就这么一大家子围坐在一起。早已染上岁月沧桑的父母,因年迈而动作有些迟缓,但仍是忙碌不停地做各种拿手饭菜,脸上笑容灿烂,说话语气卖力。难怪父母高兴,这样的情景在他们眼里已是大半年未见了。生在农家的孩子不管身处何种境地,在中国这样重阶层的社会,年轻时疲于奔命当然在所难免了,但于老人而言,有儿女相伴哪怕几日已经很满足很幸福了。这样美好的时光,因为有父母在身边,儿女们也总会觉得无尽的幸福,心灵有了栖息之所,好像自己从未长大一般,只愿时光就此定格。
　　父母是很善良很厚道的人,自己能做的事都是自己做,即使没有任何收入也从不轻易多花儿女一分钱,节俭至极,有时甚至有些忽略自己的各种需求。为此,我也总劝慰他们不要太过节俭,也会尽力多陪伴他们一些时日。围坐父母身边的日子总是短暂的,过不了多久,又要各自起程了，但心里已装满幸福，不管走到哪，心也不会孤单，只因有父母在！

　　春节里见了些故人，说了些感慨的话，心里便发生了翻转。荏苒的时光，让我们都不再青涩，多半已为人父母，年少时姣好的面容也被时光刻上道道印迹。各做各的事了，聚在一起如早年般一起玩乐、读书、旅行、清谈早已成了奢望，听得最多的就是某某玩伴已安家于某地或某处，也就再平常不过了。但我总想起总怀念过去的种种，末了，只好感慨一下那些属于青春的记忆，聊慰我心，珍存永远！

　　…………

　　细细想来，有时幸福就在我们身边，只是被我们忽略了。有父母陪伴是一种幸福；成长中的收获是另一种幸福。分别也罢，相守也罢，都只是表面的一种形式而已。心中的幸福才是永远的幸福。愿我们每个人每天都能有幸福相伴。

致每一个素常的日子

当早晨的第一缕阳光，照进窗棂的时候，我们是心生欢喜的，分明感觉到一种勃勃生机与力量的萌动，仿佛所有的那些黑夜中的挣扎与苦痛、苦闷与孤独全然被释放了，被化解了，被消散了。又仿佛那些在黑夜中不可逾越的心灵障碍与心理重压都被光耀的旭阳冲淡了。海日生残夜，江春入旧年，大概就是此刻的真实写照吧。

披着霞衣的人们，会断然扔掉一脸的倦容，朝气蓬勃地快意地走入新的一天，迎接新的开始。在每一个素常的日子里，即使对于普通人来说，今天和昨天没有什么大的区别和不同，人们依然信心满满，不知疲倦地扑向汹涌的人潮，去往自己想要去的地方，做自己可以做的事情，想念一个值得自己想念的人。

素常的日子里，我们可以什么都不去做，闲闲地静坐于窗前，看云卷云舒，看鸟去鸟还，见车来车往，见人流如织；静待一树花开，悲吊落英缤纷，经历四季的交替更迭，体悟人间的冷暖酸辛。

缓慢从容地喝下一杯清甜的香茗，从心底里流出一缕欣然的幸福之感。手捧一本喜爱的好书，平心静气地开始阅读，心也会随着作者的心境、情绪、喜好等律动起伏，享受一份阅读的快意与舒畅。这样的时刻，心意也便得到了满足。

素常的日子，我们可以去做一切自己想做的事，将自己心中未竟的愿望付诸实践，在苟且的现实中坚定地追寻属于自己美好的诗意和远方，以期早日使自己的愿望变成现实。

为此，必定为自己定下一个不错的目标与方向，严格约束自己那颗容易懈怠与退缩的进取之心，不惜牺牲自己游玩与消遣的时间，吃下一份艰难之苦，忍下一段难捱的孤寂，聚一股心底的强力与专注，心无旁骛地奔向自己的梦想。也便拥有了夸父的雄心与勇气，也便拥有了勇毅果敢的赤子之心。

素常的日子，我们亦可想念一个值得想念的人。纵然经年已逝，纵然青春与热血不再激荡，纵然红颜渐老，但生命中那些与我们结缘的人，却是怎么也无法被岁月埋没与掩盖。有助于我们的人，值得一生感激与动情；挚爱过我们的人，值得一生怀想与思念。

那个人也许与我们已相隔千万里，心里的距离却近在咫尺，相伴永远，又是那么地贴心与安妥。某个黄昏时刻，对菊花晚，便每每记起，欣然一笑而已。从来不曾彼此打扰，封存的美好也便永远记在心底里最不易被人发现的地方，留下一份属于自己的孤独的相思苦乐。

时间永逝流远，街市依旧整齐排落，每个素常的日子，记下一些生命的美好与真实，记下一些值得怀念的人或事，记下一些美好的定格。红尘滚滚，人世仆仆，每一个人都是朴素平凡的，但这并不妨碍我们遇见美好的自己。

麦哨响起时

我从小生活在乡村，许多美好更是无限被勾起。

北方的四月，不早不晚地到来，是人间最美的景致。花正红，叶正绿，树更茂，水更蓝，山更青，人们相约一一游遍。

放眼之处是一望无尽的青黑色的长势旺盛的麦田，东风拂来，如碧波漾漾，绿浪滚滚，此起彼伏，奔涌前行，柔软而富有韧性，麦秆这时也蹭蹭地止不住往上冒，大有不可阻挡之势。丰收在望的麦田，总会触动我的内心，不禁驻足凝望、沉思良久。

小时候的我比较贪玩，一到天气和暖的春天，总有许多玩不完的淘气。身上着一单衣，便放开脚步跑开。争先恐后地抽出麦秆，掐掉麦穗，欣喜而兴奋地吸气、吐气、鼓腮再吐气，继而重复发声，这时就听到呜呜呜…呜呜呜……的声响，有的小伙伴吹得响声大且好听，清脆悦耳，如鸟叫水泠，有的小朋友吹出的声响如呜咽哭声，沉闷错杂。就这样，一试再试，彼此学习，彼此较劲，乐趣无穷。不知什么时候，地上的麦穗扔了一地，然后就听得远处传来六爷爷声嘶力竭地呼喊声斥责声："狗娃子，糟蹋我家麦子，看我告诉你家大人去……"。一听见有人喊叫，孩子们也顾不得拿上自己的麦哨了，一溜烟穿过田埂，奔向大麦场，然后四散开去。这下可把叔公急傻眼了，目标太分散了，一时决定不下来捉那个逃兵，只在原地气得直跺脚，两眼冒金星了。我们几个小伙伴们正奋力往前跑时，一回头发现阿公不再紧追，也就不约而同地停下了脚步，互相你看看我，我又看看你，在那捂着嘴窃笑，但终于没忍住，笑到最后竟是前仰后合地喊肚子疼了。

  叔公看看我们淘气而快乐的样子，气也就消了一大半了。但到了后来，只要在路上见着，我总是有些不好意思的。因为爷爷的一番话点醒了我：庄稼人穷，就靠土里的收成来填饱肚子了，农民爱土地爱庄稼就像爱自己的孩子一样，不容许有任何的破坏行为。六叔公更是如此，因为他家的地靠路边，被破坏的可能性就较大，更提高了他的警惕。世代以耕种为业的农人，他们热切而真挚地爱恋着每一寸养育他们成长的土地。

  如今的孩子可供玩耍的玩具不计其数，吹麦哨的少年早已长大成人，许是去往城市的某个地方了吧，进城务工的农民也越来越多了，农忙的情景是早已不再见了。那些美好的过往，于我，却是永久的珍存，越是久远，越是记忆犹新。

自带阳光的女人

那日，我因有事出了趟门，回来时天色已晚，出租车经过一夜市时，我突然记起家里已没有水果和菜了。于是，和出租车师傅说了一声，让他把我放在路边方便买东西，师傅倒也爽快，应声停下车。我快速买好菜与水果，家人催我回家的电话就打了过来。我拎着大包小包的东西站在路边准备打车回家。许是因为周末的原因，车实在难打，等了多时仍没有空车可坐，心里不免有些着急，这时正好有一辆电动载人三轮车经过，开车的女人面带笑容向我驶来，等我反应过来时，她已将车停在我面前了。

我见天色已晚，因着急回家也就不曾多想。谈好价钱后，我快速拿完东西上了她的三轮车。三轮车便一路快跑穿过人群与街巷。坐定后，我就多关注了她几眼，可惜只能看到她的背，这个开电动车的女人，大约四十多岁，衣衫干净得体，头发齐肩乌黑，给人的印象是很能干勤劳的那种女人。

车一路前行，我的心也一路揪着，心里还略微闪过一丝担忧。我嘱咐她开车慢点，提醒她注意安全，离大车远些。她却微笑着回头告诉我说："放心没事的，你尽管坐好了！"电动车继续前行着，这时又飘来她开心快乐的歌声。听那小调甜美香醇，质朴自然，悦耳动听，俨然一个乐天派，无事可忧的样子，让我倍受感染。

　　我一面无聊闲坐，一面听她开心的歌唱。似乎她的声音穿透力极强，使我不禁动容。心里也在此刻舒畅了不少，又仿佛一扫我暑日的疲惫与忧烦。听她唱歌我是开心的。等她不唱了，我们便聊了几句，她说她从小喜欢唱歌，高兴时唱歌自己更高兴，悲伤时唱歌自己不伤感。人生难得开心过好每一天。

　　转过几条街，她突然大声地叫我看远处的连绵的山形与绮丽的晚霞，她一面又无比愉悦地对我说山与云与天的自然融合之美。我被她感染着也向远处的天边望去。我忽然觉得我好像从未见过流动线条般的山形如此美丽又带有动感，深绿色的低调的韵味给人静谧与深沉之感，而那西天的晚霞一改炫彩与耀眼的光芒，反而变得低调奢华与底蕴十足了。

　　时间飞快，不觉之中我已到达了目的地，我结了账下车，她又嘱我不要落下东西，待我的谢字还未出口，她竟笑意盈盈地感谢我让她做成一次生意，这样一来我反而有些不好意思了。

　　转头看向她时，仍然待我以开心的笑。我于是深深地、真切地被她感染了。她向我传递了她的快乐，我也收到了她传递给我的快乐，我开心极了，心里不再为琐事烦心。尽管我并不知道她是谁，有着怎样的人生，但我由衷感谢她的一路快乐陪伴。

　　遇见一个自带阳光的人，真好！

养与教

　　七月总是暑热难耐的。
　　那日，我去医学院为父亲买药，走出医院大门时已近中午，头顶的天响晴着，天和云蓝白分明，刺得人眼睛有些发疼，我不由得加快了步伐走向车站。经过一卖凉皮推车摊时，觉得自己又渴又饿，就快速叫了一份凉皮与稀饭，坐在树阴下吃了起来。说实话凉皮的味道的确一般，只为方便吧。我一边吃着饭一边流着汗，心里却也是发闷的，感觉有一股热流涌进我的胸口了。
　　我有个不好的习惯，到哪都喜欢观察人，也喜欢听别人说话，还喜欢根据别人的话语，揣摩人的处境与心理，然后浮想联翩地想象一番那人的喜怒哀乐，想象那人曾经有过怎样的经历。吃着饭，就听见那摆摊的老板娘一边熟练利索地分类食物，一边热情耐心地询问顾客的要求。她时不时还望向守在摊边打下手的儿子，得空了就和儿子聊几句天，只听她说："娃呀，今儿带你出来，就是为了让你体验一下挣钱的辛苦，让你知道生活的不易，你知道了辛苦，以后就会好好学习，不乱花钱了，对吧？"。再看那个男孩时，也就十岁左右，一边不太熟练地埋头帮忙，一面认真地听妈妈的教导。脸上额头上都是豆大的汗珠，像要滚落下来似的。

  我细听时，不时地回头望望男孩，当他感觉有人看他时，脸沉得更低又红了起来，为了避免眼神的碰撞，我赶紧转回了头。当所有的食客看到这个母亲教育自己儿子的一幕时，听到朴实的母亲无华的教养之语时，不禁投以赞许的目光。

  我突然觉得口中的饭菜很美味，眼中的情景很耐人寻味。是啊，自己做教育多年，这眼前的情景不就是我喜欢见的嘛。所谓教育教养之类的品行德操，绝不仅仅只局限于课堂和校园，也绝不会只是老师的几句训导与劝诫就能解决某些孩子身上的某些顽疾。教者，上行下效也；育者，养子使作善也。家庭教育在孩子的成长中起着巨大的作用。父母的言传身教对孩子的影响是难以估量的。

  我想，这个小男孩今天有了这样的经历，对他的生活和学习一定会有不小的影响的。在他的眼里，父母都是本分老实吃苦勤劳遵纪守法的人，凭自己的本事挣钱，不偷不抢也不骗不贪，辛苦中自是一份踏实。父母也能让他这个儿子吃些苦长些本事，即是他的一次很好的生活体验。再看时，那个男孩干活更卖力了。

  眼前这个男孩的挥汗劳动，让我一下子就想到自己的儿子。许是因为家里也有儿子的缘故，再加上这些年在工作中碰到的关于男孩教育的问题，使我倍加关注。而且我一向推崇传统教育中对男孩的教育理念：坚强、勇敢、自信、乐观、志存高远等。

  教育孩子说起来容易，做起来却并不容易。现在家庭大多一两个孩子，都是宝贝。我有时在教育学生时，埋怨家长太过溺爱孩子了。可当我面对自己的孩子时，依然把握不好教养孩子的力度与尺度。心里总觉得孩子还小，不忍太过严苛。等到发现孩子身上的一些问题时，又有些许烦恼。

　　大多时候，都是我带孩子出行，车一开出来，儿子就自己爬上车，当车行驶到目的地，就又自己下车。全然不会理会路途变化及我的辛苦。后来，只要闲时，我就和儿子坐公交车出行。按照我给儿子讲的坐公交车的常识，儿子上车后如果没有找到座位，会赶紧找可以牢牢抓住的东西让自己站稳，避免自己摔倒，还会不停地问我到站没，也叮嘱我千万不要坐过站。并且出门也会替我操心，还对我说把包拿好小心小偷。见我手上拎着东西时，即使走得累了，也不会使性子让我抱他，那段时间我是有些开心的。

　　开心之余，我总会想起妈妈的关于穷养男孩的理念。孩子要多锻炼，多参与生活实践，孩子能力才会提升。现在看来的确是有一定道理的。

去如朝云无觅处

提起苏轼，没有人是不喜欢的，他总是给人以如沐春风之感，只因了他的率真、敞亮、达观。

但我总觉得他于我而言，吸引我的恰是他的长情了。而那个陪伴他23年的女子王朝云即是这长情的最好表达对象。

王朝云，浙江钱塘人也，字子霞，幼时因家贫父母无法养活，被卖入青楼歌舞籍。十二岁时，参加苏轼在杭州西湖的一次宴饮应酬，因不俗的举止和言谈，而被苏轼喜欢。

那一日的西湖，水光潋滟，山色空濛，初至杭州任通判的苏轼，邀约众好友去往西湖边畅饮游赏。席间，就有朋友安排了歌舞表演节目，一群豆蔻少女，浓妆而舞，引得大家一阵好评与赞赏，领舞者恰是年芳十二的王朝云。

舞毕，待王朝云换上一身素净的衣服，前来答谢时，她眉目清秀，仪态端庄，颔首低眉间，娇俏可人，苏轼一见，心生欢喜，席间，苏轼笑乐间遂作诗一首《饮湖上初晴雨后二首·其二》：

> 水光潋滟晴方好，
> 山色空濛雨亦奇。
> 欲把西湖比西子，
> 浓妆淡抹总相宜。

从此，王朝云因聪慧、机敏、乖巧、灵俐深得苏轼夫妇的喜欢，就在苏家以侍女身份长住。

她勤劳能干，又聪敏好学，不过几年光景就在众侍女中脱颖而出，常伴苏轼左右读书，稍解苏子苦闷心境。

苏轼任京官时，恰逢神宗朝王安石变法，新旧两党内斗时，苏轼虽位列变法一派，针对新法中不合理处也合直言谏议。结果他因自己的秉直仗言而得罪了变法派，又不招保守派待见，心中正一肚子苦闷。

一日，他下班回来，见各侍女便问："你们都说说，我的肚子里装的都是什么？"众侍女有说是诗书的，有说是理想，唯有王朝云说："先生是装了一肚子的不合时宜！"苏轼听得此语，连连点头说："唯有朝云最识我"。

此后，谁料，竟一语成谶。苏轼因不容于新旧两党而处处受到排挤与打压，一路贬官外放，杭州、密州、湖州，那些小人还不放过他。

以李定、舒亶为首，竭力搜罗苏轼的罪状，极言苏轼所犯欺君之罪，被收监关押在御史台，这就是史无前例因诗文获罪的"乌台诗案"，苏轼是有史以来第一人。

险些丢掉性命的苏轼，在各方力量的迎救下，终于被派往黄州任团练副史，不得签署公文，一路艰辛劳苦，实际与流放没有两样。

苏轼带领全家老小在黄州城外的东坡亲自开垦土地，自建房屋，筑雪堂。苏家经此一劫，遣散了众侍女，唯有朝云坚定追随，无怨无悔。后经苏夫人同意，收王朝云为苏轼的侍妾。

121

在黄州期间，苏轼心中难免怅然，幸有朝云陪侍左右，宽慰一二，给了苏轼精神上莫大的支持与理解，苏轼的浪漫怕只有朝云可以会意吧。

随着时间的推移，两人的感情有了很大的发展，王朝云为苏轼育有一子，苏轼自是喜欢，并为其取名苏遁，意为沉稳遁守之意。只是后来在去往汝州路上夭折了，死时半岁。

日子过得清苦，朝云从未存半分埋怨，对苏轼的鼓励与开解之语必不可少，想来朝云的苦痛是何等深重。

哲宗继位后，苏轼虽有短暂的中央任职经历，等到高太后病故，哲宗掌权，苏轼再度惨遭朔党打压，贬官外放常州、惠州，所到之处蛮荒一片，且瘴疠不止。

到了惠州，苏轼已年过花甲，日子过得异常清苦，一家人各分几处，常伴苏轼左右的仍是朝云。其间，也有两人携手漫步惠州西湖的温情画面。

苏轼一心著书立说，朝云常伴左右，一任赞许，一任宽慰，不知温暖了苏轼多少个难眠的书灯夜月。

信佛吃斋习佛法的朝云，怕是最懂苏轼吧。她开解了苏轼因不幸遭遇而难过的心。

苏轼闲时，喜欢听朝云弹唱一首《蝶恋花·春景》

朝云唱道:"枝上柳绵吹又少，天涯何处无芳草'时，总会为苏轼的贬谪落泪不止，苏轼不禁慨然，见朝云如此伤心。从此，遂命朝云不再唱此曲。

清苦的生活加上南方的瘴疠苦寒，从小生活在杭州的朝云哪能经受得住，三十四岁的朝云不幸染上疾疫，不治而亡。苏轼痛苦不已。

朝云的离世，对苏轼的打击是巨大的，那个他最心爱的女人，因他而吃苦受累，因他而没过上一天安定的日子，却对他衷情一生。在他身边一呆就是二十三年，直至去世。

自此之后，再也没有人能和他手牵手心连心地唱和诗词闲游了。朝云去世后，苏轼将朝云葬于惠州西湖孤山南麓栖禅寺大圣塔下的松林之中，并在墓上筑六如亭以纪念她，亲写墓志铭。亭柱上镌有一副楹联：

　　不合时宜，惟有朝云能识我；
　　独弹古调，每逢暮雨倍思卿。

　　一段情缘天注定，一世相守独衷君。王朝云因遇到高岸深谷而又才华纵横的苏轼，一个集北宋文坛领袖的风范与率真旷达、忠君爱国之志于一身的男人，一生爱恋他，欢喜不已，无怨无悔。

　　苏轼亦因有了朝云的陪伴而少了些许孤独与落寞，以及对世事无常的惶恐不安。

　　彼此相守拉着对方的手，再苦再难也要一起走，一路留下浪漫几许，眼羡了无数的男男女女，生如朝云，足矣。生如苏轼，足矣。

　　朝云于苏轼只有忠敬二字，苏轼于朝云只有衷情二字。苏轼幸矣！朝云幸矣！

第三辑　教海拾真

我的乡村执教生活

十五年前，我正式走上讲台，成了一名普遍的乡村中学语文教师。

记得那是一个金风习习的日子，我从教育局人事科拿了调令，坐了近一个小时的公交又步行了半小时，终于来到了××中学。学校位于村子的西南角，背后是崇峻巍峨锦绣绵延的终南山，旁边有一条小河流经而过，不时能听到鸟儿鸣叫的声音。一条宁静而幽深的土路从眼前延伸开去。一直引领我走到学校门口，只见门口赫然写着"××中学"的牌子。

进了学校，正中是两幢三层的楼房，似乎有些年头了，两边靠墙的地方分别是几排破旧的瓦房，不时有老师出出进进，心想定是教师的宿舍了。我穿过走廊径直来到校长室，见到的是一位年长而慈祥的男子，早已听人说他姓孙。于是，我上前一步，亲切地和他打招呼："孙校长，我是新来的××，以后还请您多多指点"。他人很和气，问明情况后，立即给我安排了宿舍，教导处随后也给我安排了教学年级与课程。就这样我进入了一种忙碌而紧张的中学教学与管理工作当中，一边学着如何当好一个合格的班主任，一边又学着如何给学生们上好课，边教边学，边学边做，心里的压力的确不少，但辛劳的同时也收获了学生的认可与喜欢，和学生在一起的时光非常美好。

一、一起看云看山的日子

许是因为我工作的地方在山底下，离城市远了，离自然却很近，仿佛空气中弥漫着清新与开阔、高远与舒意。教书的日子从那一刻起成为了我青春年华的一部分。闲暇时，总喜欢站在楼上极目远眺，更喜欢带着学生们在阳台上悠闲地看云看山，就那么静静地极目远望，不论春夏与秋冬，在季节的转换中感受人生的美好与深刻。春天来了，我们一起看柳枝吐出第一枝新芽，看桃花在春风里笑弯了腰，看蜜蜂嗡嗡地飞来飞去地闹着，看路人脸上洋溢着的无限的美好；夏日里，看终南山葳蕤而苍劲、挺拔而葱郁的树木，听深林中鸟儿的鸣唱；秋日里看树树皆有的秋色，山山唯有的落晖，红彤彤的柿子挂满枝头，见一地的落叶铺成银毯。任冷风从头顶吹过，落满心头的是一点闲愁与畅想。突然觉得天高了云淡了，还有那南飞的鸿雁，连同空寂而幽远的群山，心也随之变得静谧而美好了许多。冬日里，空山幽谷映入眼帘，还有那落了地的雪白与萧条。

下雪时却是最妙的。积雪增厚，浮于云端，竟不似城里那般少得可怜，目力所及是一眼望不到边的银白世界，紧接着就会在校园里呈现一派热火朝天的扫雪铲雪的劳动大场面，有欢笑声、吆喝声、嬉闹声，偶尔也会飘过一缕歌声，响彻整个校园，回声悠远，惊醒沉睡的山村。

二、静心教书就很美

在山村教书，人心反而变得不那么浮躁了，那时的我，可谓是以校为家，以生为伴。周日下午进校门，周五下午离开学校，每天吃住在学校，忙碌的教育教学与班级管理是我的中心任务，此外也会在课余闲暇时写点文章，漫谈自己的生活及人生感悟与理想，以此自娱。

傍晚时分，约上三五好友在校外的乡间小路上快乐地闲游漫步聊天，放松心情的好时光就这样度过了。晚上也会在宿舍看些自己喜欢的书，有时也会练练书法，偶尔也会找同事闲聊。山村的夜晚特别地宁静，舒服地躺在床上听夜鸟的啼鸣，任晚风温柔地吹过脸额。这样的时刻，静心读几页好文，任思绪飞扬，渐近我的梦乡。

日子就这样从指间静静地滑过，时间如水般从我的青春里溜走，日复一日地备课，上课，批改作业，复习，考试，一环紧扣一环，一项接着一项，也会不断出现新的问题，同时也在不断地解决着旧的问题。包括对学生的心理、理想与人生的指引，亦有关于学生惰性与懒怠情绪的纠正，或者是学生之间的纠纷与矛盾的调解，以及对家长的体谅与安慰。

分享着学生们的每一份快乐与收获，因他们的快乐而开心着。体会到的是一段与学生在一起的幸福时光。每一个灵动而鲜活的，充满张力与向往未来的眼神都会让我感动许久、许久。

醉心阅读

周五的早晨,阳光明媚,碧蓝如洗,晴朗万里,鸟儿在枝头歌唱,牡丹花依旧婀娜多姿地开放,我和孩子们也相继走进美丽而幽静的校园,远近不一地传来孩子们爽朗的欢声笑语,连空气中也弥漫着青春的活力与激昂,好一个恰同学少年,风华正茂。孩子们的脸上,却丝毫看不到疲惫与劳累,虽然昨天才刚刚结束了期中考试。

按照教学安排,今天的两节语文课是文学经典名著品鉴课,我的想法当然就是想让孩子们心里稍微放松放松了,孩子们也是非常喜欢上阅读课的。按照惯例,学生们都要自带喜欢的文学作品阅读的。我一向不太过多关注学生的语文成绩,更多地倒是注重培养学生的语文素养,逐渐提升学生的审美能力、感知能力、观察与思考感悟的能力,培养他们的同理心。每一个文字都是跳跃的鲜活的生命的音符,好的经典作品更是从作家心底里流淌出来的声音,那是关于人生观、价值观、世界观的心灵叩击。

阅读课开始了,孩子们欣喜地拿出了自己喜欢的文学作品,打开书页，深情地沉醉在字里行间，或沉思状，或抿笑状，或快慰或紧张或舒缓，教室里安静得只能听到书页翻动的声音，浓浓的书香氛围充盈着整个教室，也感染着在座的每一个人，我在阅读时不经意地抬头一望，心也是醉了。我常常这样想：如果一个孩子因为这一生认识我而爱上阅读，养成一生喜欢阅读的好习惯，爱思考不浮夸，爱感悟更性情，高远豁达，积极乐观，腹有诗书气自华，那该是何等的殊荣啊。一个人的气质里，藏着他曾经读过的书，走过的路，爱过的人。因为气质是岁月长期沉淀的产物，是漫长时光所赠予最好的礼物。

岁月静好的日子，让我们一起醉心阅读吧！

考试寄语

亲爱的孩子们，一次小考并不能说明什么问题，但它能告诉我们，一段时间以来是否在用心学习与思考、积累与运用。在学习中的方法与态度是否存在问题？我们的重视程度与用心程度是否足够？关于学习我们有没有尽职尽责地做好属于自己的事情？

亲爱的孩子们，在我们成长的过程中，我们不仅会收获一路喜悦、成功、幸福和爱，还可能会经历失败、痛苦、泪水。但不管经历什么都是我们人生巨大财富。因为我们大家都是老熟人了，成绩放在这里，只为了大家方便，希望同学们戒骄戒躁，知不足然后有所为，不怯懦不回避，坦然平静地直面自己在学业上的进步与退步，相信勇敢、自信、坚强、有理想的你一定会及时调整自己到最佳的状态，迎接更美好灿烂的明天！我们总会长大，总要长大，当有一天我们离开父母温情与无私的保护时，以一种更加独立自尊、自信勇敢而又有尊严的方式开辟自己不平凡的人生，用实力说话，成就自己一方独立的天空，该有多好呀！

少年易老学难成，一寸光阴一寸金，愿我们珍惜美好的年少时光，即使小如苔花，也要像牡丹一样勇敢绽放自己的光彩！亲爱的孩子们，行动起来吧，未来就在我们自己的手中，三更灯火五更鸡，正是男儿读书时，有梦就要勇敢地去追寻！

　　亲爱的孩子们，我要求你们读书用功，不是因为我要你们跟别人比成绩，而是因为，我希望你们将来会拥有选择的权利，选择有意义、有时间的工作，而不是被迫谋生。当你们的工作在你心中有意义，你就有成就感。当你的工作给你时间，不剥夺你的生活，你就有尊严。成就感和尊严，定会给你们带来快乐，记下这样的训导吧，让我们一起走入成长的美好！

没有伞的孩子

从教数年，一颗柔软的心，几经煎熬，不免理性从容，但每每遇到那些来自很普通家庭的所谓的学困生，我总是为之心痛伤感不已。

在普通的学校，不管哪个年级，一些来自于经济拮据、父母文化水平低的原生家庭的孩子，他们可能会在学习上表现出困难重重、没有良好的学习生活习惯、缺少兴趣且不思进取的状态，往往老师数次教育、联系家长，然而却没有任何起色。最后的最后他们即成了后进生，也成了老师眼中被特殊化的对象。很多同行们每每谈起，都不得不放弃，亦属无奈之举，老师的劲使完了，家长没劲，孩子就更没有心劲了！

我心痛我伤心，只是因为学校教育力量的薄弱，要怎样才能帮到他们？既然一个人的原生家庭无法选择，他们总该有未来可以把握吧。但事实是，原生家庭对他们形成了无可逆转的阻碍和束缚，且牢固异常，突破起来也便异常艰难。

我经常形容他们是站在雨中的孩子，却没有用来遮蔽自己免受雨淋之苦的伞。他们必要承受一场又一场恶雨的淋漓，却丝毫没有回击反应之力量。尤其是在当下这样阶层分明、竞争激烈的社会现状中，我们仿佛看到了他们未来的生活和学习状态。

他们站在雨中，却没有学会奔跑，更没有奔跑的勇气与力量，更没有坚定的信念支撑自己助跑起来。他们已经在无意识状态下完成了自我人生限定。

细细思量时，唏嘘不已。

偷妈妈钱的孩子

最近，一连几天，我这个管理着七十人的班主任，都在处理班里一名叫鑫的男同学偷妈妈钱的事。令我非常棘手之处就在于，一则数额较大，近四千元；二则偷钱次数过多，多达十多次。我心里想，他妈妈要不是觉得了事情的严重性，是不会来学校跟我这个班主任说的，她告诉我的原因许是她也被自己儿子的行为震住了，恐惧后怕了吧……

我也受了很大的震撼。《三字经》里说：人之初，性本善，性相近，习相远。在鑫的母亲给我叙述她儿子的可恶行为时，我没有盛怒，而是很严肃冷静地看向他低下的头垂下的眼眸，即便此刻他的母亲在委屈、痛苦、伤心地向我陈述自己儿子多年以来的恶习时，我依然相信这个孩子的本性是善良的。但他多次偷妈妈钱的行为，的确是个可怕的恶习。我之前也听过很多关于偷妈妈钱的事，但可能因为离自己较为遥远一些，就总是会很快淡忘。可时值今日，这样的事情就活生生地发生在我的学生身上，就在我的眼皮底下，虽然我只是这个学期才担任他的班主任，但眼下的情况如此，提示我必须全方位多角度去分析去思考，去帮助眼前这位可怜的母亲了。可能也是因为我也同为母亲吧，多少也就能体会出她的一份痛苦与无奈。

于是，我积极帮她询问了解，监督批评教育他的儿子。经过多次的逼问与问讯，他终于说了实话。他偷了近四千元，偷自己妈妈的钱的次数多达十多次，且每次的数额不等，少则几块，几十块，多的则达数百元，次数不等数额不等，让人听了怎能不痛心疾首？

于是，我陷入了深深的思考之中。

做教育多年，遇到过许多性格迥异的学生，走入过许多不同的原生家庭，眼见着孩子们在学校的几年成长，为某些学生取得的巨大进步和优异的成绩欣喜过；为某些学生的退步甚至堕落心痛过。偶尔也会伤怀、失望、无奈、感慨不已。而更多的时候，则感到学校教育的局限性，以及原生家庭对一个人巨大的影响与左右。犹其体现在品德与行为习惯上的，则更为可怕，且更为固执影响深远。而在这方面，父母的整体文化素养与家庭教育环境对孩子的影响与改变则体现得更为突出。

山谷的起点

这几日的雾霾天气，阻断了孩子们上学的路，我心里这样想着。好在有发达的网络，于是，我把当日要做的作业通过班级微信群发给每一个孩子与他们的家长，并要求同学把做完的作业拍照发给我检查，以便及时勉励与督促，令我欣慰的是他们大都能很认真自觉地完成我布置的作业，顺便对他们的家长说声感谢。

检查到最后的时候，我发现有一个平时基础比较差的孩子，没有发作业到班级平台，我不禁眉头一皱，灰心地心里暗度着，果然是个懒孩子。但仍不死心，发信息过去询问具体情况。孩子的母亲非常动情而略带忧伤地告诉我："老师，他的作业早已写完了，错的也修改了，只是因为孩子从心里认定自己在学习上不如别的孩子，而固执地迟迟未发作业。"我平静地说："那你单独发给我看看就行，别的同学和家长是不会看到的。"

后来我终于看到了他比以前进益不少的作业。他的母亲依然心忧，我非常认真地劝慰她说："你应该为你的孩子感到高兴啊，从今天开始，你的孩子不会再退步了，这就好比爬山一样，他现在是在山谷底部的人，而他又很明白自己应该只有往上走这一条路了，山谷的最低点正是山的起点，许多人是缺少你儿子的自省自觉自尊的意识而停住双脚蹲在山谷烦恼哭泣的，我为你感到幸运和高兴。"

电话那端是一个妈妈灿烂爽朗的笑声。

孩子，你普通的样子就很美

这一年，我接了新的班级，成为他们的语文老师及班主任，认识了69名新同学，每天和他们朝夕相处着，陪他们一起看日出日落，听鸟语闻花香，经酷暑历寒雪。每天就那么忙着，上课、检查作业、查人数、监督发蛋奶、督促卫生等，放在第一位的仍是孩子们健康的成长与学业的进步。我不遗余力地将自己的教育与管理理念告知给我的学生们。他们每天也在不断地听着我的训导与引领。

我从来以为我这样做是为大家好的，从来也以此为荣，自己也觉得无愧于家长的辛劳与自己的良心了。正因如此，关于班里那几个后进生，他们的不守纪律，不学习不进步的状态。总是让我头疼。我平日里对他们几个也是软硬兼施，他们亦报我以软硬不吃，我心里抱怨极了，怎么是这样的孩子呢？

我越急越想发脾气，越发脾气就对他们没有好脸色，哪里还能做到和颜悦色呢，但似乎他们几个也早已习惯了老师的发脾气状态，诸如罚站叫家长等惩戒对他们来说都是不起作用的，好一个"忍"字了得，忍不了又能怎样呢！这是我在管理班级中的真正的苦恼！而那些好学的、上进的和有眼力劲的学生似乎都找到了他们自己的一套学校生存之法。

　　我生气的原因是这些孩子的家长通常是不太配合老师的教育的。你打电话给他们，他们有时会说有事，有时会故意躲着不见老师，他们似乎也对自己的孩子没有办法。教育家明确告诉我，教育不是万能的，我却要求全求美，吃苦的活计！

　　越想越委屈，但这委屈该向何处诉呢？我曾为此无限苦闷，我尽力让他们找到自己向往的"自己的样子"，草也有自己的模样，孩子更是有自己的思考。以前我总以为自己是对的，但其实自己实在是有一些欠缺的，说道理谁都能懂，但落实起来真的好难，我心里的诸多不忍心始于他们。我有时竟有无限的憧憬，想象不爱学习的他们某一天突然变得爱学习、守纪律了，但现实是一切依旧如常。

　　外因通过内因起作用的，当我写下这些文字时我心中是有愧的。只因我曾不喜欢他们普通的样子，我曾想他们变成别人的优秀，别人的努力的样子。这确是我的局限性使然，虽然我一直不愿承认，但今时今日是必须承认自己的功利心与局限性了。

　　一直以来，只是我想把他们变成什么样的孩子，从来未问及他们想让自己变成什么样的人，一直以来，我只是在用成人的社会规则来教育他们，从未问过他们内心的体味与感受。一直以来，只是我一味地要求他们应该这样，不应该那样，却从未遵从过他们的内心、他们的心愿。

　　凡就是这样一个孩子，他在我面前总是闷声闷气的，低着头，仿佛随时准备好了老师对他的批评似的，总有人告诉我他打人了、骂人了、亦或是他弄坏了凳子、他没交正式作业、家庭作业又未完成……听得我是头皮发麻。

　　但其实他也是有优点的，更有自己的努力的，他为了引起大家的关注，就总是义务帮大家扫地，打满水壶的水，洒地拖地，他做这些时又总是为了引起老师们和同学们的注意，我想他心里一定也是希望老师们多多地表扬他的，这当然是凡最朴素的想法、最普通的愿望了。可我却连他这样一个普通的愿望也没有满足过。我也总是较少表扬他，这也许是他快快不乐的原因所在吧。他有时也会表现出明显的不快乐，过多的批评许是一个因素吧！但我终不得知，只因凡离我很远，尤其是心离我很远。

时过境迁，早已不像我们当年那样，只要埋头学习就可以改变命运的时代了，但读书一定是最简单易行的提升自己高雅行为的方式。学校教育中，让每一个学生在学校有事可做，对学校有梦想有留恋，有回味有回忆，学生想去上学了，这是第一步。过分关注学业成绩本身即是一种误导，花开自有时节，每个孩子都应是一个有独立话语权且应被尊重的个体。

时光在飞速前进着，我们在一起相处了一年就分别了，也许是永别吧，但我突然很想他，想他憨憨厚厚的笑容，想他爱劳动的样子。我希望他能茁壮成长，快乐幸福！这是我没有对他说出口的话！

替课风波

  九月的底色似乎总是金黄色的。于是，我披着金色的晨辉，按照单位的安排，去往一所村小学，完成我的支教任务。
  沿途骑行中，眼见路边一扇紧闭的大红铁门，牌子上赫然写着"××小学"，我心里才放松了下来，确定是到了目的地。然后敲门，无人应答，又大声拍门，才有值班老师徐徐走来，问明缘由，方知是因为我迟到了十分钟，校门在正式上班后一律是上锁的，只能通过打电话的方式进入了。自此之后，我对值班老师就心生几分敬畏，他似乎就掌握着我的自由权似的。
  校园不大，由两座教学楼组成，但配置齐全，大约可以容纳附近村子及务工子女400名左右的学生在此学习生活，有教职工20名，绝大多数是女性。
  这个学校因为小，教职工人数也少，倘若有人请假的话，校长是很头疼的，头疼的当然是没人上课了。没人上课时间一长，家长就会有意见。而校长虽然在教师面前有些横行但却很害怕家长向上级教育主管部门反映，如果惹怒了家长，一个电话打到教育局或媒体，那后果是很严重的。而这学期比较麻烦的是，分别有两名教师因为个人及家庭原因而请了长假，校长不得已，请了临聘人员，但学生似乎不买账。再后来，校长没有办法只好向上级领导求助，最终派来一位附近中学的支教老师，这样一来学生家长的怨气消了许多。但校长自己却很不满意，原因是她觉得这位老师有些自由散漫，让她很不满意，用她的口头语来讲就是"不听话""不遵守纪律"。这还得了，这个支教老师，只是上了他自己的课，早上来得晚，上完课立即离开学校，而没有坚持到女校长规定的时间下班，这样一来成了她眼中的刺头。

接下来，就是谈话、教育、埋论说教继而尖刻，但这些似乎对这位支教老师都不起作用。终于在那个支教老师的一次请假过程中，矛盾被激发了出来，她借故向领导状告这位老师，这位支教老师不认真教学激起了家长诸多的不满。接下来发生的事就是停了这位老师的课，又叫来一位已退休教师上课。两相比较下来，学生仍是喜欢这位支教的男教师上课。迫于家长的压力，结果是支教老师又开始上课了，但彼此积怨已深。大家看在眼里，急在心里。这样糟心的人文教育环境，心里都落满了灰尘，蒙尘的师心，当不复当年的激情与火热吧，教育说到底也是人学，人心失去，何来教育的情怀。

但这些在校长眼里最是不值一提的，只要老师都听她的，顺从她的意愿很重要，听话更重要，有没有教育思想并不是重要的，只要学生听话不出事，学习的效果好不好更不重要。

但凡有一两个有思想有见地的老师，往往就是她的眼中钉肉中刺，非拔出不可。教育是愚民的事业，这话我不敢说了，我深以为憾，以此为恼。气恼却别无他法，我想我的心境，代表了只有我自己而已。

在努力寻找一条让自己觉得有尊严的人生之路时，我发现诸如普通教师之类的小知识分子，在领导与权力面前，早已成了人微言轻，地位低下的人了，何谈尊重？

校园杂谈

一、教师的术业

背了几十年的韩愈的《师说》里的句子"闻道有先后，术业有专攻"，也影响了我十几年的教育生涯，我也要求自己尽可能地将语文教学做到精细深入。因此平日里别的学科教学从未涉足，我希望我能给学生以专业与技能的引领，训练他们语文的听说读写能力。

这样的日子一晃十几年过去了。突然有一天，我来到支教的小学，成了身兼五个学科的老师（语文、书法、音乐、美术、体育）。一贯以专业性思考为前提的我，的确有些惊慌失措。至此才明白教育文件中所说的开足开全课程，原来是如此安排的，兼职岂能与专职相较，打基础的小学阶段更应该有专职老师启蒙。与之相较的私立学校却全不如此。这也就无怪乎私立学校成了热议，近年社会上不少的家长让孩子上私立学校已成风气，恐怕也都是因为看到了公立学校与私立学校的差异与差距吧！

二、百无一用老教师

　　奶奶在世时，经常有一句口头禅：老了，不中用了……逢人就说，似在表达自己对于人生无尽岁月的感叹与慨然、怅然若失。我每次听到都会哄哄她安慰一下她。后来，奶奶无疾而终，就很少听到这些话了。我在学校呆久了，也听得不少临近退休的老教师说我奶奶说过的同样的话，我就觉得似曾相识，也总是想去安慰一下那些老教师受伤难过的心灵，但每每有此想法时，话到嘴边却又欲言又止，那一刻的语言是何等的苍白无力啊。我突然发现，对于年老的老师的感慨，以及她们在学校的各种艰难处境，又岂是一句话可以轻易抚平的。

　　校领导安排工作当然不分年老与年轻了，犹其在近几年公立学校人员缺少状况下。如果有老教师追问关于工作量的安排，领导自有一番苦，细细理论一番。平日里却又嫌老教师使用现代化教学手段不太熟练。嫌弃之心隐约可见了。她们的怅然若失依然侵扰我的心。不禁让我对年老充满了恐惧，更有对教师这一职业的失望。她们的今天又何尝不是我的明天呢？

一、娘子军坐镇教坛

　　曾经有一段时间非常喜欢看芭蕾舞剧《红色娘子军》，觉得非常地唯美，一扫战争的阴霾，却又不缺少女性的柔美与坚韧。清一色女性表演，是芭蕾舞的舞台，亦是观众的一次绝佳的精神盛宴。体现了女性的伟大与壮烈。这是舞台这是戏。然而现实生活的舞台更大更精彩。且看坐镇校园的娘子军吧。俗语说三个女人一台戏。那三十个女人呢？当然大戏天天演。

女人多了小心多。

女人多了约束多。

女人多了是非多。

少了一些阳刚之气。

少了一些力量与勇气。

少了一些捣蛋与淘气。

少了一些生气与活力。

漫天飞雪亦成文

冬日里，寒风凄凄，草木凋敝，鸟雀潜藏，远山一片苍苍，溪流无声，水落石出，萧瑟之气愈增。人们脸上的寒意十足。倘若有一场吸引人的充满活力与梦幻的瑞雪落地，那应该就是冬日里最值得的期待了。

一夜北风紧，晨起推窗开门，就见到了轻盈洁白如天使般的雪花，在空中旋转飞舞，自由飘落，如粉如沙，如缕如絮，如梦如幻，无知无涯，上下远近一片白的琉璃世界了。冬日的沉寂因为一场雪的到来被打破了。耳边是校园中孩子们的欢笑声、打闹声、嬉戏声，此起彼伏，一片一片接着又一片，不绝于耳，我的心也随之激荡开来，我相信快乐是会被传染的。我的眼里泛起一波激动的涟漪。我分明地感觉到，走进教室时，自己轻快的步调。

站在讲台上的那一刻，孩子们纷纷向我投以期待的眼神，脸颊上露出了不容掩饰的喜悦。我心里暗想，这群小机灵鬼莫非已猜出我的心意？待我刚要开口时，早已有心直口快的学生，快人快语地说："老师，今天我们要上写作观察课吧？"我说："这么美的雪景，岂可辜负？"孩子们顿时满面盈着喜气。我安排他们可以在教室或室外随意观察。只不能影响别的班的同学上课，也不能打断别的同学观察写作的思路。同学们不约而同地点头应允，各自兴奋而欣喜地走出教室，在三楼面南的阳台上遍赏纷纷落下的雪。我想此刻，大雪覆盖下的如中国水墨画般的远山、溪流、村落、田野……，一定勾起了他们无限的诗意吧。于是他们驻足、远眺、俯视、凝望、沉浸、深思、漫想、遐思、流连忘返……

就这样，我带学生们上了一节与众不同的语文课，我只是踱着步子轻缓地从他们身后走过，一则防护他们的安全，一则享受和学生们在一起的美好时光，全然忘却了冬的寒冷，满面笑颜开就是很好的印证吧！

二十分钟后，我呼唤着他们回到暖和的教室，窗外依然雪花飞舞，学生们不约而同地拿起手中笔，将心中被唤起的关于冬雪的文思转换成书面的文字，教室里安静极了，只听得嚓嚓、嚓嚓嚓的声音。这也是我所希望的。

文字的书写，从来都是带着情感的，有温度的抒发，灵动与审美无处不在，影响着每一个学生。观察与写作课自然上得很顺利，这是学生们难得的一次内心情感体验课，平凡的生活处处尽是美好，发现的过程更是乐趣无穷。

暖意融融火煤炉

在西安，入了冬，冷风便飕飕的，使人分明有冻彻之感，犹以山乡村落为盛，在我感觉也是分明的。曾经，大约十余年时间里，我在终南山脚下的一所中学任教。行走于山脚与市郊之间，虽说只隔着几十里路途，温度却相差好几度。冬日漫天飞雪时，落雪在市区是不久存的，再加上车碾，有时入地即化，而山脚的积雪在地面呆的时间自然会久些。

我是偏寒体质的人，冬天总感觉寒冷，所以衣服自然比别人穿得要多。却总觉阴冷，从头裹到脚，严严实实。我让我班上的几十个孩子也裹得严严实实的。生怕他们也冻着。仿佛只有这样，才能抵挡严寒的侵袭。

十多年前，学校的教室和宿舍是没有空调的，取暖的装备便是煤烟管炉子。一入冬，学校后勤处便通知班主任们领烟管、炉子、蜂窝煤。我是不会装的，每每都要辛苦我的学生们，他们中间总有一两个来自山村，心灵手巧，又干活麻利，装炉子生炉子技术娴熟。只见他快速找好位置，对准方向，用细铁丝扎好烟炉，并固定在高处的窗户上，又找来同学们提前收集好的碎纸片，放进炉膛，用火点燃，一边加纸片一边加小木片，火势更旺时，快速加入蜂窝煤，然后再对着炉膛使劲地扇风，不多久，蜂窝煤即被点着了，温暖红焰的火光，映着他圆润而富有活力的脸，汗珠也分明了。我便任命他为炉长，总管生火加煤，并让他培训几个助手，分工协作，以确保教室暖和，让大家安安心心学习。他们也往往不负众望，热心为大家服务，脸上也总是呈现出阳光般灿烂的笑容，欣然接受同学们向他们投去的艳羡的目光。这时我不知怎的，总会莫名地想起鲁迅笔下那个脖间戴着银项圈，刺猹的绍兴少年闰土，大抵是他们的机灵、热情感动了我吧。

天气愈发冷了，有水的地方都会封冻结冰，化开的水冷得渗入骨头，使人不由缩手缩脚。教室里依然很冷，煤炉因为要定时通风的缘故，似乎也不太管用了，学生们的娇嫩的耳朵、脸蛋、手背也开始出现红黑色的冻疮，冷热变换之间，反而增加了痛痒感，偶尔会抓挠痒处。傍晚放学了，我在学校食堂吃完饭，便关紧门窗，钻进暖和的被窝，是不愿下床的，直到第二天早上上班。

那些个寒意袭人的日子，我总是数着日历度过的。心里无不期盼冬天早日结束。于是，冬天离春天就真的不远了。

围炉夜话有声

冬日里，满目萧条，天寒地冻，冷风时作，昼短夜长。傍晚时分，天便渐渐暗了下来，灰朦朦的感觉。

下了晚自习，送走最后一个学生，校园里无疑是寂静的，静得有些空旷。因了交通不便的原因，路远的同事就住在自己的宿舍过夜。住校的人多了，也便热闹起来了，大家三五相约，或散步或逛街或闲聊，以此来打发时间。

那时，就有欢、荣、颖等聊得来的朋友式的同事，与我亲近些，彼此交往自然多些。许是我们四人都有些文艺女青年的范吧，趣味相投，聊的话题自然多一些。

晚饭过后，若没有刺骨的风，皎洁的月光洒落一地，我们是必要去台沟村口或子午峪口看山看月的。沿坡徐行，放眼望去，是一大片苍茫的冬麦田和干枯的野草丛，树干敧斜着，村庄院舍却只有模糊的轮廓，数点灯光依稀零落着，偶尔传来几声渺远的狗吠，远山也沉默在如霜的月光之中，山形依旧静美素雅。我们步履轻快，欢笑声响彻山谷，全无一丝惧怕，偶或放歌一曲，便留下一路的袅袅余音。

倘若寒风凛冽，我们欲出不能，便相约一起舞文弄墨一番。欢是我几个人之中最聪慧最有才艺的，平日就喜欢舞文弄墨，吹笛鸣箫，夜静山空之时，她必要苦练真功的。她早早就备好墨铺好纸，寻着好字贴去了。我们受了她的熏染，也都开始练起了书法，边练边比较谁的进步大些，明亮的办公室瞬间成了我们的书法练习室了。有时也会有欢的丝竹声响起，大家就欣然享受着，快慰与舒意一场。

最妙的是下雪的日子。因为地理位置的原因，位于终南山脚下地带，雪势往往较猛，雪自然较城区深些，我们且把宿舍的炉火烧旺，烧上姜汁可乐水，有模有样地学起了古人，晚来天雪，饮水一杯，畅谈闲叙。荣和颖比我们两个大些早已结婚生子，以过来人的身份，讲述着人生的际遇与追求。听君闲话，应有可取之处吧。那样的时刻，大家是很享受这份难能可贵的真诚的，全无伪装与恭维，少了一丝造作与矫情的。

后来，买车的人慢慢多了，大家也不再住校了，闲聚的日子也就慢慢少了。我也是整日奔波在学校与家之间的路上，忙工作忙孩子，不得有空，那样闲适悠然的日子一去不复返了。再后来，相继又有好友调到更好的单位工作去了，不相见已多时，但我仍固执地怀念着已逝的芳华和那些永远也回不去的美好的旧时光！

一棵被剪裁的树

　　临近期中考试了，老师们总会按照学校的安排，适时地带领学生复习之前的学习内容，以便使学生更好地进入考试状态。我当然也不例外了。于是，我满怀热情地带领学生听写生字、默写诗文名言、培养学生的阅读语感，总结答题的技巧、形成他们的作文思路。可谓是，忙得不亦乐乎。

　　每当此情形，我常形容自己是赶鸭人，凭借手中的鞭子驱赶着那些四处乱窜、贪玩掉队、不愿觅食的鸭子们。但当我在面对班里个别厌学的学生的时候，他们又常常让我失神，继而又陷入深深的思考之中。

　　这些孩子的表现很奇怪，上课不专注，作业不完成或根本不写。任凭老师怎样说教都无动于衷。记得考试前几天，我给那几个学生布置了家庭作业中最简单的字词积累与诗词默写，我心里有许多不确定。不确定他们能否认真完成家庭作业的同时，心里仍是对他们有很大的希翼的，我心里想的是：万一他们完成了呢？但现实常常令我无限沮丧。第二天检查作业时，他们像提前商量好似的，异口同声地用实际行动回答我：

没有写完。虽然这样的结果也还是在我的预料之中，但我当时的心境可想而知，挫败感、无力感充斥着我整个心胸，我内心血液升腾、怒不可言，表面却要装作平静，几次和他们的心灵的碰撞，我都丢了盔卸了甲败下阵来，我心中便有了放弃的想法了。虽然我并不知道这样的不完全成熟的孩子出生在什么样的家庭、有过什么样的经历、心里对学习的认知是什么，但他们的消极的不主动的行为深深地刺痛了我的心，我手中的剪刀是剪不动他们那些旁逸斜出的枝了。

　　我们成了不相与谋的人了。彼此显得是那样的隔阂。我的悲哀的心也便升腾着。

最美的朗读者

我曾有一段时间执教于一所乡镇级别的小学，隶属于城乡结合带，生源复杂，良莠不齐，层次分明，家长大多文化程度不高，疏于教育，且班级人数众多，每个班多达七十余人，教学和管理任务艰巨，责任重大，可见一斑。

我当时任四年级一个班的语文老师兼班主任，在教授课文、阅读鉴赏、写作训练时，我惊讶地发现，绝大多数学生语文功底很差，课外阅读少之又少。学生普遍害怕写作。且不爱阅读，尤其害怕学古诗读古诗背古诗，在他们看来古诗晦涩又难懂，学生的畏难情绪非常严重。面对此种局面，我作为语文老师是心里真着急啊，也为孩子们感到深深地担忧。四年级是小学阶段的一个重要转折，文学素养和阅读兴趣的培养是必须开始走上正轨了，因为这将影响到他们以后的个人提升与学业提升。

想到这里，我决定从最基础的读诗开始，逐步渐进式地培养引导学生，并激发学生对文学作品产生阅读的兴趣和写作的热情，于是我选定了第一本通识读物《唐诗三百首》。并通过班级QQ群和微信群及时和家长沟通，详细而耐心地向各位家长分析了四年级学生的情况和语文学习目标，以最大限度地争取家长的支持与理解，告诉他们阅读唐诗的好处与影响：中国是一个诗歌的国度，唐诗更是我国古代文学的一座高峰，有很多诗人和他们的作品早已家喻户晓了。而《唐诗三百首》中选录的更是名家名作，且读来音韵和谐节奏优美，琅琅上口，很容易引起学生阅读的兴趣。家长们听我解释后都非常支持我让孩子们读诗这一举措。说干就干，为了逐步分阶段进行，我制订了以下步骤和方法：

多读。读诗时，我要求学生要大声地反复地有感情地读、自由自在地读。在时间的安排上也不做具体规定，只要一有空闲都可以朗读或默读。以自己最喜欢的方式进入到诗歌的阅读状态中，感受美妙的文字，体会诗人的心情与意志。在阅读时，我和孩子们一起进入诗的世界，把我自己读诗的方法介绍给学生，告诉他们：初读时不必按部就班地一页接着一页来读，可采用随意式跳跃式阅读法，先从自己比较熟悉的、比较喜欢的某一首或某几首诗开始读起，或者先读自己听过的诗人、喜欢的诗人的作品，继而逐渐展开来读，扩大阅读的范围。读诗时我适时提醒学生多看注解和赏析。理解了文句的意思，学生阅读的兴趣更浓了。

多背。我个人的体会是：背诗与读诗是一个相辅相成的衔接，读得多了自然有所感触，好的句子就流入心底了。十岁左右的学生，记忆力是非常好的，只要喜欢、有兴趣，他们背诵诗文那是很容易的。于是我在上课时一有机会就会引用，让学生跟着说出，若遇到诗词教学就会尽量让学生多多向课外拓展延伸，比如由一首诗而联系到同类题材的诗，再如由一首诗而联系到这个诗人许多其他名作佳品。这样以来，学生既培养了兴趣又开阔了视野，增长了知识又提升了文学素养。此外，我在每节课前5分钟，专门开辟了背诗环节，每天会有1—4名学生将提前背好的诗分享给全班同学，这样不仅锻炼了他们的胆量和口才，也增强了学生的自信心。"瞧，我也可以背得这样好"……"老师今天夸我腹有诗书气自华了"，同学们可喜欢背诗了，也会高兴地告诉我："老师，唐诗名篇押韵，又短小，可好背了……我都背了许多首了"。每当听到孩子们说这些话，我心里就无比欣慰与愉悦。

多用。同学们在我的鼓励下，读诗背诗可积极了，不仅会背出来还会不自觉地运用到他们的书面写作和口语表达上。我们本册书第一个单元是以写景作为写作目标的。我在批阅作文时就发现，好多学生都会不同程度地引用到自己读过的关于春天的诗或写景的诗，为文章增色不少。这个年龄段的学生已经有了一定的审美情趣，比如，看到校园里春柳吐丝，东风拂柳，他们就会觉得很美，但自己好像又一时找不到令自己满意的语词表达，那么贺知章的《咏柳》就会自然而然从头脑中蹦出"碧玉妆成一树高，万条垂下绿丝绦"。美在眼中，美在心里。美又无处不在。

多写。做任何事，唯有坚持，方能见出效果与功力，写诗练笔也是这样的，四年级的学生年龄小可塑性很强，在我不断地鼓励与引导下，大多数学生不仅对读诗背诗兴趣十足，而且还时不时地尝试仿写诗歌。孔子云"知之者不如好知者，好知者不如乐知者"，学生对唐诗的兴趣十分浓厚。其实这也是必然，唐诗大多短小精妙、深入浅出，音韵节奏感强，小孩子是很容易就喜欢上的。

春有香花夏有风，秋有明月冬有雪。每当季节变化时，孩子们就会以他们最敏感的心去感触大自然的美，仿着古人的样子，沉吟、浅唱，或婉约或豪放，或伤悲或感怀，或愉悦或闲适。我惊奇地发现，孩子们真切地爱上唐诗了，且爱不释手。

是啊，我们每一个人心里都住着一个诗人。每一个孩子天生就是诗人，学生对大自然对生活充满着好奇的渴望，老师作为引路人，只要稍加点拨、引导、启发，孩子们就会挥动想象的翅膀，在诗歌的世界自由翱翔，飞得更高更远。不忘初心，方得始终。诗心永不变，爱诗正当时！

157

偏心的老师

前些日子，我在一集市上买东西时，猛一抬头看见了我以前带的班里的一个学习特别优秀而且活泼开朗的学生，我们短暂的四目相对后，他立刻难为情地把头撇开，继而不回头地快速离开了。留给我的却是怔了一下的心，当然还有内心的些许无法诉说的委屈与不快。随即我也闭上了欲言又止的嘴。我当然没有主动与他打招呼了，只是见惯了现在学生与家长的世故吧，不再教他们了，他们也便淡然离你而去。

说实话我那天心情很不好，心里还暗暗骂他没良心呢。静心想想，我所谓的伤怀是什么呢？更多的是，我觉得我曾经对他那样的优等生宠爱有加、从不苛责、且多加照顾，付之以笑脸，付之以殊荣，偏爱有加又委以重任且极其信任。班级重大决定，甚或对某些后进生的教导也要咨询他的意见与建议。我试图让他在参与班级管理的同时，锻炼他的管理与组织能力与人际协调能力。总之，我觉得在当时的内外条件下，使他尽力成为最优秀的孩子，我的偏心被我很直白而明晰地有意无意地表现了出来。那些优等生是处在我为他们营造的一种自由地、被尊重、被鼓励、被夸赞的氛围中学习生活的。这就使得那些中等生后进生，只能干巴巴地眼羡那些优等生在班级中所享受到的那些殊荣与际遇了，而除了眼羡他们怕是心中也不免委屈、落寞、伤感吧？但那些深切的感受，曾作为班主任的我，却没有细思与掂量。不自觉的行为中，我也曾间接地简单粗暴地伤害过那些在我眼中很一般的孩子。那些看起来并不优秀和突出的孩子，就这样见证了我的偏心。

我也曾自作聪明的以为，我偏心优秀学生，其他同学就会心向往之，在我人为制造的某种压力与氛围中，努力上进表现自我。但现在我深深地为之懊悔不已。因为我的不自觉的偏心，使得那些平日表现腼腆、踏实、而又不善言辞又没有突出才艺的孩子较少有展示自己的空间和时间。

突然想到，自己不就像极了那埋头生闷气的孩子吗？自己不也只是埋头工作的人？既不突出又不太会表现自己，平日里也总在心里暗暗叫屈，觉得领导有些偏心。此心彼心何止是如此相同呀！

好在那些普通的孩子最终原谅了我曾经对他们的苛责与严厉，粗言与冷语、狠话与不公，他们的心胸比我要宽广得多，他们似乎很快就忘记了那些不快，依然爱我一如当初。偶尔有见面的机会时，他们对我亦表现出久违的热情，更会热心地向身边的人介绍我曾是他的老师。

深陷那样的情境中的时候，我的眼中时常是噙着泪水的，我除了深深地感动还有说不出口的悔恨。

我教了十几年书，一切如初，每次接的班级学生都有优等生也有普通学生，那些智商和情商略高的学生也总是能准确地把握老师的喜怒哀乐，也总是在学业与才艺等方面突出一些，我也常常忍不住偏爱他们一些，但我的理性告诉我，对待学生不能有所偏颇，每个孩子都渴望在老师那里得到平等一致的爱和尊重、关心与鼓励、善待与厚待。虽然不能尽善尽美，但我也要竭尽全力为之，方不辜负我认识的每一个孩子。

我是一向不喜与机巧的人同行的，如果我因为我的偏心而不自觉地使学生学会察言观色，机巧为之，功于心计，那可就是我的过错了！

想见到的那个人

我常常陷入沉思，教师之于每一个学生，终极的意义到底是什么呢？要回答这个问题，其实也没有想象中那么难，我觉得根本的作用还在于引领与陪伴吧。

每年的金秋九月，正是求知少年快乐地走进校园的时候，仔细望望他们，就会真切地感受到，他们全身上下洋溢着的生机与活力，满眼的璀璨光芒以及对知识的渴求与强烈的好奇心。当那些稚气未脱的孩子从你身边经过时，热情地招手示意问好时，我心里总是温暖的、愉悦的、欣喜的。

沉寂了一个暑假的校园，因为他们的到来，一下子变得热闹异常。

他们来回跑动的身影，在金风中一闪，成为一道多姿多彩的风景线。

那一抹回眸的微笑，成为青春校园里最富有诗意的远方。从那一刻开始，仿佛老师们所有的努力与付出、心血与汗水都是值得的。

师生的相遇、相识、相知，倾心到相谈甚欢，美好得让人久久回味而且永难忘却。

老师们不管自己心里装着多少心事，当铃声响起的那一刻，一定是振奋精神的，像极了一个奔赴战场的战士，心里无比的豪壮，也定是抱了必胜的决心的。走进教室的那一刻，我们相视一笑，便开始了一场又一场的知识旅行，或者驻足凝望，或者沉思好问，亦或交流讨论，时间似乎又过得很快，不知不觉中一节课就在清脆的铃声中结束了，然后我们又相视会意一笑，开始了短暂的分别。

　　下课时，你们便开始了叽叽喳喳地交流与讨论，个个纷纷发表言论，觉得老师们漂亮有风度、时尚有气质、声音悦耳又动听、知识渊博又深广、思想独立又自由、气质浪漫有风度……

　　师生一场，如拂春风，如沐春雨，亦是无尽的柔情与蜜语的传递与交流！

关于阅读教学的一点思考

从教十几年，有一种体会，觉得对于语文学科来说，阅读教学可谓是核心了。因此，阅读教学实施中效果的好坏差异，对学生就会产生不可估量的深远影响。

因为我自己特殊的教学经历，十几年来，我的语文教学几乎贯穿了从高中到小学三个学段，大大小小的孩子也都接触到了，孩子们十二年的学习经历也给我留下了清晰的序列化印象。让我更立体地看到了一个孩子在中小学阶段语文素养形成过程中的点滴与收获，以及孩子们在这十二年中，所形成的语文素养与知识结构的巨大的差异，这种差异与他们的阅读分不开，也与每个语文老师的整体认知与丰厚的阅读沉淀有着密切的关系。

所以，从某种意义上讲，语文老师就是一个阅读的推广人，阅读的垂范者与引领者，亦是阅读的分享者与交流者。老师爱阅读，课堂就会丰满而鲜活，学生就能不断地从老师那里吸收新鲜的东西，不断地引领学生进入未知的世界，从而激发学生的求知欲与好奇心，并使他们也产生强烈的阅读的愿望并付诸实践。亲其师，方能信其道。

在语文教学中，语文老师也会自然地把自己读书的经历与体会，方法与策略，经验与教训分享给自己的学生们，这其中当然也包括如何选书买书的问题。

就这样师生互相影响与交流着，将阅读教学从精细化的课堂阅读延伸到浏览式的课外阅读，并使这两种阅读互为影响互为促进，从而对一个孩子的长期语文素养的形成起到有效干预与提升。

考事

这里有您想知道的校园故事。关于考试的那些事,你也经历过或者正在经历吧?

复习

过完了快乐的小长假,重新回到校园的老师和学生们,很快就被一种凝重而紧张的气氛所影响和感染着。

先是校领导在全体师生参加的晨会上庄严宣布:从本周开始,正式进入期中复习攻坚阶段。紧接着,在全体教师大会上,主管教学的教导主任认真安排并调整了复习课程,学校要求在最短的时间里,体音美老师尽快完成自己所带课程的随堂考试。会后,又发了复习课表,课堂被所有考试科目几乎占完了。大家看着复习课表,就开始磨拳擦掌地安排复习内容了。心里也都开始了各自的盘算,比如先复习哪些内容?比如先抓抓哪些同学?再比如先找哪几个同学家长谈话,等等。

老师们在课堂上，经过短暂时间的动员和鼓励之后，又对同学们提出了严格的要求，阶段性复习就这样开始了。复习的内容从各科的理论知识到重点和难点知识的分析，从基础知识到课外拓展，甚至还强调了书写的工整程度。这样一来，学生们也莫名地感受到了复习的重要性和压力感。

　　于是，在老师们的一片苦口婆心中，他们似乎也收敛了一些平日的顽劣与拖沓。继而，硬着头皮若有所思地开始认真复习了。没有退路，可能就是最好的退路吧。老师们或者在讲知识要点，或者在讲练习习题，或者在监督检查学生的知识点的掌握和习题练习的熟练程度。

　　紧张的复习阶段，如果有学生心不在焉或者学习不卖力，就极有可能会被叫到办公室进行一番矫正三观的洗脑思想动员。在老师苦口婆心、晓之以情动之以理的说教之后，玩劣的亦或懒惰的学生们，就会闭上自己伶俐的小嘴巴，赶紧把刚才在去老师办公室的路上准备好的要和老师狡辩或争论的那些所谓的有理有据的说辞收了回去，结果是纷纷败下阵来，极不情愿地告别老师，继续硬着头皮记单词、背诵课文去了，知道自己平日的知识漏洞太多，但补不了也得作出认真 修补的样子。否则将会被告知家长，那苦日子才是真的来临了。父亲的严厉和母亲的唠叨又有谁能受得了呢？

　　好在这样紧张而忙碌的日子，只有短暂的一周时间，应该很快就过去了吧。

阅卷

　　考试结束后，送走了欢腾雀跃而兴奋喜悦的学生，老师们就开始了繁忙而辛苦的阅卷工作。

　　阅卷前，教务处会根据各个年级的学生特点、人数的多少、试卷的

165

难易程度等进行综合协调与分工，作好阅卷安排。秉着自己不批阅自己班级学生卷子的公平公正宗旨，要求所有阅卷小组中的老师们互相合作，在学校规定的时间内尽快完成阅卷任务。每人一小题，几人一大题，大家手拿红笔，像审讯似的，判出正误，判出好坏，判出忠邪，判出智愚，判出优劣。

偶尔就有某位老师在阅卷之时，由衷地夸赞某位学生作答完美，思路清晰，方法得当的；更有老师抱怨某个学生答题不完整，审题不细心的，书写潦草东倒西歪的，言不达意的。老师们一面评论又一面在心里暗自猜度着，那个答题糟糕的学生该不是自己班的学生吧？心里不免产生了隐隐的担忧，自己班的坏小子的卷子，该不会也如自己笔下正在批阅的这份卷子这般差劲吧？

就这样马不停蹄地忙碌了大半天，又是加总分，又是分卷归类，又是计算各个班级及格优秀的人数，又是综合各个班级的总分与平均分数。

老师们忙完自己的阅卷任务之后，被封的卷头就像那个头戴盖头的新娘子被掀了盖头一般，是美是丑只一眼便真相尽知了。老师们翻着自己班的学生的卷子，看着自己班的学生们各自不同的答题表现，心里就像翻倒了的五味瓶一般，是说不出的滋味。

反思

刚刚结束了期中考试，前半学期就这样像翻书一样被学生们风轻云淡地翻了过去。

可这事似乎在学校与家长方面并没有完结，反而成了对孩子们进行纪律整顿、严厉管教的开始。先是老师激动而忑忐地认真与同课头的老师比对自己班的成绩，倘若自己带的班成绩比别的老师带的班的成绩好，心里定是窃喜的，但大多数老师认为的最佳状态则是，自己所带班级的成绩至少也应该处于几个同课头老师所带班级的中间，这样既不被表扬也不会被领导批评责骂。倒落得个难得的清净。如果被领导表扬了，很可能招来别的老师的羡慕嫉妒恨，反之如果被批评了，则显得很没面子。

其次，学校也会开质量分析大会，督促老师认真分析、总结、归纳，并制定自己后半学期的教学目标与策略。这样一来，老师们自然压力很大，拿着成绩单并对照学生的考试卷子，反复比较分析，也会把那些退步的学生、基础差的学生、学习自觉性差的学生逐一叫到办公室，单独与他们交流沟通，指点学习方法，端正学习态度，引领学习志趣，总之，是做足了苦口婆心与徇徇善诱的准备了的。

学生临走时，还不忘笑脸相送一句鼓励的话语："加油，老师相信你一定能行的！"老师还会和那部分影响成绩的学生家长保持最紧密的联系，以便随时告知家长，学生在学校的表现与学习状况。

紧接着，学校还会召开家长会，及时告知每位家长，学生在学校的学习与生活表现，对于需要改进的方面，要求家长积极配合与支持，甚或要求家长对孩子在学校以外的学习也要严厉管教与约束。这样一来，开家长会的目的，也就基本实现了。

考试结束了，家校沟通更紧密了，老师和学生的压力却有增无减。

教者之殇

教育之计，在教师，在学生，但核心仍是教师，一个有文化有力量有尊重有认可且鼓舞人心的教育氛围应该形成常态化！纵观历史，横观世界各发达国家无不如此。

师从杜威的陶行知先生，当年学成归来满怀报国热情，以启民智、开风化、尚科学作为自己远大目标。放弃优渥的教授待遇，脱下西装挽起裤脚，几乎走遍整个江浙一带，展开实地教研活动，而后开启了中国现代师范教育的先河。一批批有志青年响应先生的号召开始了他们从师从教之路，晓庄师范就是很好的证明。在那里年轻人不仅教学生而且自教，有四个方面值得关注：一、学生学习的内容方面，以小学为例，主要是日常生活和学习习惯的养成，及逐渐修练而成的高尚品德；二、教师方面，鼓励教师走专业化道路，甚至可以成为某个研究或学术领域的专家，如语文教师可以尝试写作，不妨成为一个小说家等等；三、有相对独立且备受鼓舞的教育环境；四、教师的待遇较高。众所周知老舍、毛泽东、李叔同等一大批优秀人士最初的选择都是教育救国，可见教育在当时社会的受重视程度以及教师地位的认同感。

现在落后地区的教育让人堪忧，教师的权益得不到保护，一方面受着多重压力，如上级领导的高压威慑。在落后死板的教条管理方式下，有的直属领导还大放厥词，强势威胁恐吓。另一方面来自学生的压力，家长对教育的无知与放任，把一切希望都寄托在老师身上。三、整个大环境的舆论导向，诸如老师不能体罚或变相体罚，有的孩子像温室的花朵，迟到了罚站一会，家长就有可能向学校和老师示威，真是荒唐可笑可悲可叹至极。四、体制管理落后；五、激励机制的形同虚设，等等。不一而足，真可谓是满眼满纸的荒唐……

以上现象虽然只在少数地区出现，但这些传闻与报道就像毒气一样，让从教者人人自危，心神不安，唯恐哪天不幸降临到自己头上似的，没有安身，又和谈安心。

唐僧给我的教育启示

从小就看《西游记》，总是被悟空的机灵聪明顽皮勇敢、八戒的笨拙搞笑、沙僧的厚道所吸引，往往忽略或降低唐僧的形象和地位，总觉得他迂腐顽固了些。反而会被新奇惊险富有想象的情节所感染，那种轻松开心快乐成为人生一道亮丽的风景线！

等到年岁长了一些，阅历多了一些，自己慢慢开悟了许多，再回头细看唐僧这个角色时，发现他竟然是那样一个丰厚而饱含意蕴的人生角色！他一生坚守佛法，执著地义无反顾地追求自己的人生理想，即使在真爱面前也依然坚持理想，直到最终取得巨大成功！

一路走来，唐僧不仅自度而且度人，其教育精神和品质是很值得学习的！唐僧不仅无法选择自己的学生，而且还要明知不可为而为之，所收的徒弟顽劣也好，愚笨也罢，他都要力争让他们合格毕业。毋庸置疑，唐僧专业知识过硬，且拥有较为完美的坚定不移的追求和人格魅力，他最终的教育成功也全靠的是他的耐心说教与百折不挠的坚守！最终他的三个学生在他的精神感召下，在他不断由浅入深循循善诱的佛法传授中，渐渐改变，逐步成长，最终毕业并取得优异成绩！这一切我都佩服得五体投地啊！

启示一：当老师不能挑剔学生！

启示二：当老师永远没有对学生的选择权！

启示三：当老师要有比天地宽阔的宽容心耐心恒心毅力！

启示四：当老师一定要得到以菩萨为代表的家长和社会的支持！

启示五：当老师一定要有老和僧念经的劲头！

启示六：当老师一定要有过硬基本功，并反复说教！

启示七：当老师一定要让学生看到你的执著和勇气！

第四辑　时光漫步

终南听雨

  从小到大，我总是喜欢听雨的，仿佛听那滴滴答答的声响，就是在听一曲美妙的乐章，就是在欣赏一幅意境深远的山水画，雨落尘下，绿了树木，红了花草，染了山色，滋润了土地，滋养了人心，也让世界明澈了起来。雨就那么下着，起了风舞，也让忙碌的人可以放缓急促的脚步，休息片刻，就有人会说："哦，下雨了，雨又大了，改天吧"。虽偶有人皱眉，但终于释然地接受了它的泥泞与淅沥。

  天要下雨，雨即变成了一种馈赠。于我而言，更是。我不知为何总喜欢听雨的时刻，总觉得自己那一刻更沉静更理性更深厚，少了许多浮躁之气，焦灼之心，烦恼也随之消散，又仿佛天地宇宙也在这一刻宁静了。

  少年时代的我，总喜欢下雨的季节，可以不用去帮父母干农活了。不忙的时候，我喜欢坐在檐下听雨，雨滴下落的滴答的声音，真静，真美，滴出一个深凹的窝，且时日愈久，下陷越深，想那积年累月之功定会穿石吧！

下雨的时候，我通常会在檐下看书，或跟弟弟做游戏，而母亲则静静地坐在我的旁边，做着针线活，缝缝补补一些烂了的衣边，裤边，鞋边等，她一边低头做活计，一边微微笑笑抬头看看我们，脸上呈现出祥和安闲的面容，让孩子心里有安全感和幸福感。

　　父亲也常常会在雨天停工休息。父亲人很好，面容和善，又少言内敛，但干得一手好活计，家里的家俱、电路、墙面等出现残损了或出现漏洞了，他都会很巧妙地补全，收拾如初，竟也看不出一丝一毫的破绽。他太勤快了，忙完家里的，就忙地里的农活，偶尔休息一下，就是在这下雨天里，父亲也会坐到我们身边检查我们的作业，听我们背书，聊一聊学校发生的事，给一些更好的建议和意见，使我突然间就茅塞顿开，避免了一些偏执与异想天开，所以我从小到大养成一个习惯，总是什么事都要听听父亲的意见。

　　父亲偶尔也会自娱自乐一下，他最拿手的要算吹口琴了，父亲口琴吹得极好，一口气能吹很多曲子，声音清脆婉转又悦耳动听。听父亲吹奏口琴，我们常常被带入乐曲之中，浮想联翩时，不免有忘我之感，沉浸其中却又自得其乐，自是开心不已。我和弟弟乐得直拍手，连连赞叹说父亲吹得这么好听，快快教教我们吧，我们也想学吹口琴，父亲只是微微笑笑点头，但我和弟弟早已欢呼雀跃了。父亲没有上过多少学，更没有学过什么曲谱知识，他自己也只是凭借自己的爱好与良好的记忆力，一下子记下那么多曲谱，再多次练习直到熟练为止，所以他也教我们这样的方法，先记住口琴每个曲孔的音调，然后再记下一首歌曲的曲谱，多次反复练习，直到吹得很连贯为止。但往往到最后，我跟弟弟也只学得了父亲吹口琴的一点皮毛而已，在吹奏时没有融入自己内心的情感。我那时只是隐约觉得这优美动听的效果跟阅历、年龄有关吧。

　　那样的日子虽然不常有，但近三十年来，我一直固执得认为这是我看到过的最真实的幸福，即使这样的情景很普通很家常，父母对我也产生了很大的影响，但见他们善良地与人相处，勤劳辛苦的忙碌着工作，我只是觉得自己唯有努力学习、提升自己，用知识来武装自己，进而改变自己人生的轨迹，以读书的方式，使自己的命运发生变化，并以此来回报他们对我的养育之恩。

因此，少年时代我变得喜欢读书与学习了，也从不向父母索要一些浪费开支的物品，对金钱的概念是早已有之了。尽力节省，绝不浪费是我的行为准则。心里暗暗感激父母辛苦供我上学的。那个时候，我就在心里暗暗发誓一定要努力学习，离开农村，改变自己的命运，并让父母过上好日子，不再那么辛劳地劳作。不再受人欺负与歧视，至少自尊心强的我那时是那样想的。

雨依旧滴落，滴答声惊醒一个少女的梦，也成就了她的另一个人生大梦，梦开始的地方，太阳依旧从东方升起，只是当年那个风风火火，又略显忧郁风的少女早已走入她的人生另一个阶段了！迎接她的当是新的生活，新的际遇，以及新的挑战，亦是新的收获，新的体验。

雨落长安

一连几日，天空都时不时落下不小的雨。

雨滴从空中飘落，瞬间便打湿干渴的土地，地面变得湿漉漉的，树叶也翠色欲流，荫荫如盖，茂密如遮，最好的是出行的人，不必受那烈日娇阳的炙烤与亲吻，使人不禁对自然产生亲近之感，夏雨的可爱处就显露了出来。

雨落终南，如雾迷朦，山势低迴，婉转间是对山的环抱。不似往日那般无趣，倒无不显出一份难得的美妙之景。雨落终南，落下的是一种由外及内的滋润与休养，更是一种别样风情的展现。使山间行走之人，不论站在哪个位置听雨，都会有一份难得的雅趣与妙处。任窗前雨滴声声，敲打着台阶与绿叶，那样的极富有节奏感与韵律感的声响，是大自然最美妙的谐音与动听，任凭你怎样的忙碌与匆匆，怎样的焦灼与忧虑，怎样的灰心与丧气，怎样的纠结与彷徨，怎样的不安与躁动……

这雨声，仿佛就有一种神奇的穿透力与治愈力，使那些有缺憾的灵魂，在听雨的过程中，达到自我疗伤与保养的效果，那滴嗒的声音是那样走心，入心入肺地到达人的心底，人便安静下来，进入沉思状态，认真审视自己的人生与理想，诗与远方，走出现实的泥泞与苟且，卑微与平凡。虽然大多数人终其一生都是平凡的，但听雨的边程绝不阻止任何一个人有超越平凡的梦想的权力。

雨落寺院。长安自古多寺庙，是佛教最为广泛传播的地方，拥有寺庙达多处，多建在山间塬上，人烟较稀少的地方。平日里就吸引了众多信徒们前来朝圣，但寺院终是清幽的。我亦会偶尔造访，只因极喜欢寺院那份清静自然罢了，可以享受独处的乐趣，暂离那些身边的吵闹与喧华。有时常常感觉到，身边的喧哗与热闹往往就是一种假象的存在。

为此，人不知要说多少无用的话，做多少无用的事，既浪费了时间又消耗了心力。但不觉醒的人，却并不以为然，往往乐此不疲，欣然向往之。

寺院的雨早已下了千年，仿佛历久弥新。大殿内外，塔树之下，无处不静寂，无处不深远。于禅房听雨想是别有一番人生滋味吧！

雨落田间。长安有一大片远离城市的热土。农田里长满了葱郁的玉米，六月天里，玉米秆节节攀升，一个劲得往上窜，恰好这雨增加了它的能量与重量，使养份布满整个玉米枝杆，有了足够多的生长的勇气与力量。

记得小时候，爷爷最喜欢在这样的雨天戴上草帽，跑到田间地头倾听，探望一番，他只是那样静静地站在田间地头听着看着，心里就已经觉得很舒服很幸福了。在爷爷眼里，这雨就是丰收的前奏曲，是一曲大地的赞歌，是大地对人们最美的馈赠与回报。仿佛在报答农人的辛劳与虔诚、炽热与执著。于是，丰收在望就离他们不远了。

雨落荷塘。长安的河流水塘是较多的，再加之地处终南山下，四季气候分明。夏日里，处处可见几盆荷花置于檐下，亦或一池荷花开满田田水中央，不为吃莲，只为赏花心怡然。

人们乐在其中是难能可贵的，再加之长安的寺院又多，又处处种植荷花，所以夏日赏荷的愿望在长安是最容易实现的，不用出远门，即能赏得"接天莲叶无穷碧，映日荷花别样红"之美景了。而我却以为，赏荷定要雨天去才妙呢！

夏雨赏荷，就叫夏雨荷么？瞧瞧多有诗意！

一人或几人赏荷都好，人多有人多的好处，一人有一人独处的妙处，不管人多亦或人少，夏雨天里，悠然地撑一把漂亮的雨伞，行走在荷塘，本身就是一幅美人赏荷图嘛！

只这一处，心里全是雨打新荷的声音与画面，一滴雨落在荷叶之上，瞬间溅起四散的水花，飘落一地。如果你恰巧经过此地，雨滴必要亲亲你的额头与脸蛋。

凝望着荷塘的时候，水气会有一种升腾之势。从远及近，形成一帘雾幔，笼罩四野。这样的时候，仍然驻足在荷塘的人们，远远望去，便有一种飘飘欲仙之感，粉面雨荷相映成趣。

又仿佛江南画面再现眼前了。雨中游荷塘便自成一格，别具特色，吸引了无数文人墨客驱之往之。

雨落长安，诚如是，美也。

一树花开

　　我住的小区，对面有一个小公园，每当草长莺飞、绿柳柔媚时，总能欣喜地看到一簇簇盛开的白玉兰。白玉兰树总是静静地、婀娜地从光秃秃地枝干里，开出白洁的如蝴蝶般可爱而精美的花。一树一树地次第开放，给树穿上白色的外衣，远远看去如处子的裙，静静地亭亭玉立在那里，婉转低眉，脉脉回首，温柔无限，道不尽的风流娇媚。

　　春日里，阴晴无定，风雨交替，冷暖多变，整个天空朦胧一片，有烟树，有烟花，有烟柳，更有鸟儿在鸣叫飞翔，但只要见一眼白雪通透的玉兰，心情立刻就会变得明亮透彻，清新盎然，一扫旧日里积在心间的污秽。偶一回眸的瞬间，美就定格在那里，人也是醉了。

　　半夜爬起，忽听得窗外润雨淅淅沥沥，点滴声敲击玻璃，簌簌作响，伴着春的节奏和韵律，滴答滴答，小楼中听风听雨，莫名地就焦急起来了，不住地向窗外望，盼望天明早起。但只要一想到满地的白瓣卷着二分泥土，心都要被揉碎了……

听听那冷雨

不知怎的，很喜欢吴文英的词：何处合成愁，离人心上秋。似乎很能揭示秋的真谛，平添无限愁绪，让秋多了几分悲凉、惆怅、萧瑟之气。犹如这秋日的连绵冷雨一般，淅淅沥沥、淋淋漓漓地下在地上也落在了每个人的心田。听雨的季节里，心境自然不同了。

一连几日亦复如是，清冷的雨总是下个不停，天总是阴沉沉灰蒙蒙的，落在地上的雨又升腾成薄厚不匀的水汽弥漫在天空里，形成浓重的雾气，天未晚就已经黯下来了，山形云天早已被雾锁住，失了颜色，不见踪影，连同那秋日的鸟声也早已听不到了，大地于是变得沉寂下来，只有风飕飕、雨潇潇、夜沉沉、意缱绻。这时常有疏窗紧闭，黄叶飘飘，闺中久坐之人怕也会油然而生萧索孤寂之感吧。只是心绪不同境况不同而已。少年听雨，浑然不觉，似有强加的惆怅；中年听雨，惑与不惑之间多了几分释然；老年听雨，耳提面命，达观而后无为，是为人生，悲欢离合总也无情，事事休矣。

潇潇秋雨，一声梧叶，一点芭蕉，三更归梦三更后，点滴到天明。

秋雨多下了几日，引得寒意来袭，凭添几分萧瑟之感。空山烟雨，寒树凋敝，依稀悠远，秋波清冽，水落石出，几声暮鸦隔望远，芳草无情尽萧然，无端地怆然起来了。

这样的秋雨也下在了民国奇女子秋瑾的心中。秋风秋雨愁煞人啊。细细想来，一定也是在这样的阴雨时节，接受过西方教育的她，执意要走出家庭，不顾一切地离开自己可爱的孩子和亲爱的丈夫，毅然投身革命，立志将自己留学日本之所学，为中华之崛起而效力，终因势单力薄，不堪与腐朽的清政府抗衡而被抓入狱，后又慷慨赴死！世人多有不解，冷漠讥嘲亦时时有之。那个秋天，那一场秋雨使她经历了内心的焦灼与不安、孤独与无助、生死与道义的考验，终是以大无畏的先驱者的形象永留史册，书写的是一个大女子的风范与格调，呈现出一份凄美的悲壮和生死的超越。这样的秋雨阵阵中，我于是总能想到她，戎装英姿，凛然气定。不免喟叹：生又如何！死又如何！总是一个一个的过场而已。肃杀之气袭来，是秋雨的寂寥。

雨意未减，仍是不适意，一番乱想，于是，白朴的《梧桐雨》，马致远的《汉宫秋》便在心中零落着，似乎这秋雨本就属意于悲剧。凄美的故事从这里出演，素手抱琵琶的昭君、轻歌曼舞的玉环，无数次地一代接着一代似无停息地走入文人纤细的笔端，世人的眼底，还在继续……

这次第，还是一个愁字。不闻风，不见月，听雨就好。

雪中登山记

下雪的前夜，我就已经在期待了。

这西北的雪啊，期待了好久，终于是落地有声了。有雪点缀的大地，不想竟是如此地富有灵性，娉婷，于是苍茫中又多了几分雅致，竟也揉搓出些许的柔情蜜意。人们的欣喜之情亦是无以言表。一夜的光景，从城市到农村，雪是无处不到。白的耀眼，白的炫人，白的妖娆，就勾起了我心中久违的愿望。于是，我终于按捺不住激动，相约好友去登山了。一路走，一路欣赏沿途的美景，白的一片，但也白得有层次，有美感。远近，上下，白的不同，白的有味道。沿级而上，时而俯视，时而仰视，极目远望被雪覆盖的是山是树是水是天是云，总之是至极的白，银装素裹的大地和天空，置身其中，我的心都是明澈的，纯洁的。

沿途又遇到了很多已经登山回来的朋友，相互大声招呼着，看着他们一脸的自豪，不禁投以羡慕的目光。从他们身上我也分明感受到自由和快乐的味道。我想经常和大自然相拥的人一定也是豁达和通融的，自然心中澎湃不已。我们也是一路的欢声笑语，赏景，选景，拍照，忙个不停。极目远眺的时候，我终于看到了千树万树梨花开的胜景，虽有山雾却不似那烟雨江南，不断的惊喜在我的心头闪过，连同那路边的杂草也都是可选之景，大有大的宏阔，小亦有小的妙处。

走在山间的小路上别有一番兴致，不时有鸟的鸣叫，在山涧回荡。点醒了山的妩媚、妖娆、雅致和纤巧。也似在欢迎敢于前行的勇士们，在幽静中又增添几分悲壮之美。专心攀登时，突听得辽远的呼唤，在山谷的激荡中从远处传来，一声声的"嗨"，苍劲有力，我们也赶紧回以一声声的"嗨"。于是两下交替，"嗨"声久久不绝于耳，回荡在山谷的歌声也不断传来。美哉！可叹！

时间差不多的时候，我们就往回赶，竟有种意犹未尽之感。但看看天空，知道今天是难以尽兴了。于是快速下山。我突然发现，山下的人看我们的眼神也和我们看那些登山归来的人是一样的。

一缕梅香醉当歌

咏梅

踏雪寻梅肃萧杀，

风寒不惧映月斜。

独树一枝最生气，

不是人间富贵花。

幼时读到'墙角数支梅，凌寒独自开'一句，初觉其傲岸与孤绝之品质，想是有些许的教条主义吧，小孩子自当不知了。经年之后，偶然的机会见得一树盛开的梅花，久久凝望审视，心里却是欢喜异常的。红梅相映雪，俏丽满枝丫。

冬日里，大雪纷纷扬扬，惊现的是一片琉璃世界，恰好，一簇一簇的梅花次第开放了。于是，引得无数雅士文人踏雪而来，只为寻得一树梅开。

踏雪寻梅，归来当痛饮一杯，方不负此景此情！怎的不醉？

莲语无声溪细流

无题

田田圆叶立水间，
风荷一一举眼前。
接天莲叶无穷碧，
西风起处尽凋残。

世人多爱莲，古今无外，与我犹是。似水流年，如花美眷，烟波画船，听雨入眠，岂不美哉！

莲古已有之，多生长于南方，喜水逢暖而开，《西洲曲》云："采莲南塘秋，莲花过人头，低头弄莲子，莲子清如水"，"江南可采莲，莲叶何田田，鱼戏莲叶东，鱼戏莲叶西，鱼戏莲叶南，鱼戏莲叶北，鱼戏莲叶间"。即便是农人种植的作为经济收入或入食入药的莲，但不妨它对人们审美意趣的浸润，从而赋予它诗意与美感。在李商隐笔下它是略带忧伤的："留得残荷听雨声"，在李清照笔下它是鲜活灵动的："误入藕花深处"，在杨万里笔下它是蓬勃伸展的："接天莲叶无穷碧，映日荷花别样红"，在辛弃疾笔下它是充满着无限童趣与天真的："最喜小儿亡赖，溪头卧剥莲蓬"，在朱自清笔下它是充满美幻色彩的："曲曲折折的荷塘上面凝望着碧绿的叶子，叶子出水很高，像亭亭的舞女的裙"。不同的诗人赏荷的心境虽然不同，但无一例外地向世人展示了莲之美。

每年的夏秋之季，正是赏荷的好时机，虽则有赶早赶晚景致不同之分，但各种美尽收眼底，亦是人生一大美事，约三五好友，坐于塘前，闲聊远望，或驻足凝望，或是穿梭于曲折的路堤，于动静之中感受荷花的仙气与清香，高洁与雅致，袅娜与婷立。

岁岁年年花相似。荷花每年必开，爱荷如我般的人儿则每年必去赏荷，心之所想尢一而足，倘若因事忙耽误了花事，在自己心中总是会留下或多或少的遗憾的，那满眼的红莲与白莲像极了心中的故友，虽恬淡寡言却是永存心里的长长久久的怀恋与思念。只因见到它，一扫心中的烦尘，一洗心中的污浊，一净心中无望之痴念，一化心中不必之怀想，继而变得清心、静气、达观、平和、无畏、无惧……

年年岁岁人不同。莲之爱，久蕴心中，从未远去。从小到大，我是极爱吃莲菜的，炒好的藕片，入口极脆，似乎那咔嚓咔嚓的声响是久已听惯了的，于我而言仅吃是不够的，必要找时机去看看莲花才算完美。于是就害苦了爷爷，带我去很远的水地里看荷花。好在现在日子好过了，人们更注重精神享受了，有水流处皆种莲花，美便处处可见，更有爱莲者，或种或买，或一缸或几缸置于院中檐下，于行走中，一饱眼福，即便赏花人或喜或悲或怒或忧或乐，只要一闻花香，一听花语，一念花意，一理花趣，一切化解，全无烦扰。

现下已渐有秋意，倘若某一日，下点小雨，我是必要去听雨赏荷的，今年已错过盛期，但在我眼中能有这凋残之景也是极好的。近几日，我一再地提醒自己紧赶着未全衰的花期，完成心中久违的念想，了却一段未了之夙愿。不愿等到来年，只是因为，去年花盛今年红，可惜明年花更好，知与谁同？

187

人生何如夏日雨

晨起骤雨滂沱下,
凉气扑人颊。
快意步走上班途。
雨滴沥沥,
明丽如细珠。

小楼昨夜闷声起,
烦厌扰睡意。
夜半不眠盼雨浇,
心心念念,
终是暑热消。

夏天的雨,总是来得迅急来得劲暴,如一个脾性急躁的人,却也干脆、利落、掷地有声,给人快意与舒畅之感。一扫夏日的闷气与暑热,夏天的雨，总让人觉得它生得逢时。因在夏季，天气闷热，在夏雨来临之时，人反而不会缩手缩脚、止步不前。是可以将腿脚裸露在外，畅快舒服一下的。

记得小时候，我总是那么过于调皮、好动，野惯了的性格。一到夏雨时节，心里那个高兴劲自不必提。

天空突然阴沉沉的，瞬间阴雨密布，似乎也全然不顾刚刚还是晴日照空，她像一位脾性怪异的人，脸说变即变，不多时骤雨密集如雹子，颗颗从空而落，洒落一地，继而汇聚如流，途经村子的大街小巷，终又聚集成更大的小水渠，从高处流向低洼处。这样的时候，我常常欢快不已，一溜烟冲向雨中，伸出腿脚进入水中，脚上的凉鞋当然是不怕湿的。在水中跺脚、踩踏，听到的是叭叭叭叭的声响，那时以为那便是世上最快意的曲子了。顺水流而走，凉意十足，后来干脆脱了鞋子、光着脚丫，尽性玩耍于一群小孩之中，感受夏雨带来的无尽欢快与惬意了。

父母倒也开明，通常是不太过多约束我不羁的行为的。也因为此，夏雨与我有过的亲密的接触成为了我多年以来难忘的记忆。

夏雨来临时，我也总是喜欢坐于檐下观雨，听雨打树叶的声音，不减的雨势却不会持续太长的时间。

即使大雨会阻断人们前行的脚步，让人们不免心生焦急之感。或突然阻于途中，无法前行，从人们的脸上亦可以读出一份难耐与焦虑。我依然喜欢夏天的雨，几十年过去了，似乎从未改变过。

我常常想，许是我和夏日的骤雨之间有着不解之缘吧，或是我和它之间秉性相近，脾气相投，这喜欢也总是有道理的。如豆的瓢泼大雨，总让我想到某些人生的状态。生如夏雨之轰轰烈烈，璀璨之中尽显生命的底气与辉煌，却不苛刻于生命的长度，如天际划过的一道夺目的光彩，一经划过却也永远定格。或许，此生能有那么一次快意挥洒、酣畅淋漓，也就知足了！

夏天的雨，来得急走得也急，留下的只有一处一处的泥潭，还闪烁着悠悠的光亮。雨后，那山涧奔涌而出的浑黄的泥流一泄千里，响声阵阵，气势宏大。

冬雪

今冬的第一场雪，才是小雪节气，来得早了点吧，但着实让人兴奋不少。

只听得，一夜朔风紧。早起从窗外望，浓阴中薄雪一片，原想它会小些且会早停，于是匆匆出门，不想这不期而至的白雪竟纷纷扬扬，洒洒落落一天一夜，地面竟也形成十厘米左右的雪层，融化是来不及了。一夜之间终南山下，渭水之滨，灞柳桥边，苍茫浑然，千里江天一线白。人们不约而同地走出户外，打雪仗、堆雪人、赏雪景、拍美照，大人小孩脸上无不洋溢着欢乐，感受久违的童趣。

这样的日子里，如果有人在寂静的地方煮茗听雪观书，想是不错的。伴着雪花落地的声响和节奏，翻开书页，就与文字有了交集与对话，待看完一页时，趁此呷一口茶，热热地喝下去，温暖便从脚底升腾起来，偶尔墙外会听得一阵咯吱咯吱路人走过的声响。观得会心处，心头一乐。倘若书看得累了，即推门至院中，人便置身于纷纷扬扬的冬雪中，不一会整个人全白了，但心在飞飏、飞飏……

只是，可惜这早来的雪，踏着雪却寻不到梅开。但早有早的好。

感春

　　不知不觉中，春天就真的来了。
　　在时令的变化中，天也亮得早了，鸟儿们争相立在树枝上，叽叽喳喳地不停地欢快地叫着，当我睁开惺忪的睡眼，天已大亮，纵然心中仍有懒梳妆的念头，但也转瞬即逝了。于是，催促儿子抓紧时间起床，收拾一些吃食，带上水杯，迅速出门。走在路上的时候，儿子就问我："妈妈，今天不是周末嘛，我们为什这么急急地出门呢？"我便答他："我们要去赶一场春天的约会呀！"

　　　　（一）
　　萋萋芳草年年绿，
　　树树香花衣襟里。
　　赶时天明游冶处，
　　谢春一片情依依。

（二）

春山苍翠着画意，
绿水潺湲波旖旎。
一路花香沾衣满，
夕阳草树归未期。

（三）

卜算子

陌上花妍开，
园中杨柳绿。
满庭芳菲欲来迟，
春意知何许。

掩卷静思中，
闲坐观微雨。
斜倚窗前树树发，
不觉一日去。

浣溪沙·冶春

乍暖还寒四月天，
东风不减万絮翩，
微雨无声独自怜。

万紫千红争相艳，
次第落英成泥丸。
去年今年到明年。

赏牡丹

微微细雨洗轻尘。
脉脉和风春意深。
最是牡丹争吐艳，
临花亲昵也娇嗔。

第五辑　别样人生

一路书香皆风景，撒播爱心结硕果

四月里的一天，我采访了咸阳清华附中秦汉学校语文老师张振霞。张振霞老师讲自己的生活、求学的经历及教研教改的过程和收获，一起参加会议交流学习的还有《学子读写报》的张电鸽主任。

张振霞老师优雅谦和、从容健谈，是她给我的第一印象，让我好奇地是，张振霞温婉平和的外表之下却有着对于教育的执著与独树一帜的见解与思考，想必她一定有一段不凡的爱生爱教的经历吧！

书香作伴求索路

张振霞，1976年出生于西安市周至县，从小生活在教师之家的她，父母俱淳厚善良之人，少年苦穷，更加认识到知识的重要性，她唯一能做地就是拼命读书了。如果说学生时代读书是为了求得一份工作，为此，她拼了，也成功了。而今，年过不惑，她还在读书，那就是一种热爱。耐得住追求路上的孤独，守得住内心坚持的方向，所以，一路走来，沉稳笃定，成果丰厚。

1995年，18岁的张振霞踏上了三尺讲台。年纪太轻，工作难免青涩，但年轻就是资本，她更有学习的激情，刚刚参加工作的她对教育教学充满了无限的热情与追求。在教育教学上，她经常谦虚地向有经验的老教师请教，全校老师的课，她几乎都听遍了。热爱上课，用她自己的话说，我只要站上讲台，看到那一双双好奇灵动的眼神，我就激情不已，神采飞扬了。

富有朝气和活力的张振霞，每天都有使不完的劲似的，两个班的语文课兼一个班的班主任，她干得是风声水起，在那里她不辞辛苦，每一天几乎都是在一种忙碌纷繁的状态下度过的。要上课、要管理班级、检查宿舍；要做学生的思想工作、接待家长、完成学校安排的琐事。苍苍终南，滋养了她仁和宽厚、拼力进取、自强不息的品格与风尚。自1995年工作以来，十几年如一日，服从组织工作分配，扎根基层，以最大的细心耐心勇气和力量，服务基层学校，情系教育，心系师生。

为了更有利于教育教学工作的开展，20岁时，张振霞考入陕西省教育学院，继续她的求学之路，同时自修完成西北大学汉语言文学本科专业的知识内容。

不管是中学图书馆还是大学图馆，都是她学习工作之余去得最多的地方。最初是要求对自己所学中文专业必读之书要提前超量读完，后来是为了工作需要，读教育教研类书籍，余映潮老师、魏书生老师、李镇西老师、王崧舟老师等教育教学名家专著她是如数家珍，枕畔案头，她利用一切琐碎时间都会认真钻研。

一路书香相伴的她认为，念书和读书的意义是不相同的，如果说我们接受教育时读书是为了明事理脱蒙昧；后期确定专业时的读书是为了提高生活工作的能力；而一生都不放弃读书并乐此不疲的人则是以读书为最高境界，那就是一种精神的修行。

从初出茅庐的教坛新兵，到乡、县赛教的新秀崛起，再到西安市、陕西省赛教的大舞台，她每一步都走得扎实而精彩；从乡村教师到现在的名校名师，她成绩斐然。

时间如梭，岁月流转

生活就是这样，总会眷顾辛勤付出孜孜以求的人，张老师的无私奉献得到了师生的好评和上级教育部门的认可，先后多次获得了优秀教育工作者、优秀党员，西安市骨干教师，陕西省教学能手、全国基础教育先进工作者等荣誉称号。曾被当地公推为县党代会代表达十年之久。她的学生现在也遍及各个行业，有显著成就的不在少数。

1. 快乐教书，爱生不老

孟子有言，人生三乐之一，得天下英才而教育之。这亦是张老师的真实工作生活写照。美丽的校园里的每一个角落，留下过她和孩子们一起读书、学习、研讨、嬉戏的欢声笑语。她执着坚守，一心扑在教育教学上，眼里只有学生。上好每一节课，认真批阅每一份作业，寓教于乐，有教无类。

而这些，都深深印在了孩子们的心里。

孔子云：亲其师，重其道，可见一点都不假。张老师爱学生也是出了名的，上张老师的语文课学生兴趣盎然，不仅可以学好课内课文还可增长课外知识、拓宽知识视野。作文课上，通常采用小组合作、各抒己见、师生互动的模式构思并写提纲，生活化个性化写作。事实是每接一个新的年级，学生往往没过多久就对阅读经典文学名著及写作产生浓厚兴趣。越写越爱写，越爱写越提高快，写作水平提升很快。她非常喜欢夜深人静时批阅学生的习作，在她看来每一个学生都是可塑之才，每一个学生都值得她费尽心力去点化、启迪，她会根据每个学生的写作特点或不足，个性化地给出最中肯、最行之有效的写作建议与意见，让学生从老师的批语中得到巨大收获，扎实写作、认真写作。

2. 诗意人生，灵动课堂

热爱生活、热爱文学的张振霞认为，教育的使命在育人，而育人重在"润心"，重在"养性"。语文教学的任务绝不止于教材所列的篇目，教学的外延是丰富多彩的生活。所以，她给学生树立大语文的理念，亦总能让学生徜徉在精彩而优秀的文学作品里。使每一个学生都得到生命、审美的浸润。她在教授语文时主张"润心"教育，她认为在语文教学中用文学审美、传统文化滋养每一个孩子的心灵。她讲诗词歌赋诸子百家的传统文化，讲现代经典美文无不将知识与心灵教育、审美、情怀的教育融入其中，课堂灵动、滋味醇厚、影响久远。

她认为学校教育绝不等同于课堂教学。她带领学生走出课堂，走进生活，生活化的语文教学是她的语文教学理念。在繁花如簇的春天，她会带孩子们呼吸泥土的芳芳，看庭前花落，感受春阳的温暖舒适。在树阴如盖的夏日，她会带孩子们听雨赏荷，感受夏的炽烈火热。在黄叶飘飞的秋日，她会带孩子们去看那落了一地的金黄，感受秋的沉寂与凝重。在漫天飞雪的冬日，她会带孩子们在雪地里嬉戏打闹，身后留下一串串欢歌笑语。汉阳陵的秋景、渭水兰池畔的笑声、五陵原的风貌、华清池的盛景……远郊近景，她带孩子们都领略过。所以，她的学生的随笔作品中有生活、有真情，她的学生爱写作、能写作。在冰心文学大赛、"叶圣陶杯"征文大赛、"语文报杯"等国家级征文大赛中，她的学生几十人获得了决赛一、二等奖。她组织学校秦风汉韵文学社参赛，获得多个奖项，并被授牌"冰心文学创作基地""全国百佳文学社"称号。

3. 教中常思，终结硕果

在日常教学中，张老师结合了学生及自身的特点，主张有个性创意教学，反对依葫芦画瓢式的照本宣科。她探寻运用灵活的教学方法，以扎实的文学基本功来谈古论今，吸引学生。带领自己的团队，结合学情，大胆革新，为学生编写校本教材。现在，她所在的学校一直进行着创新教育理念，使用她主编的创新教育教学丛书。

在悄然间把握时光，在忙碌中追寻自我，在常态中努力探索。《问渠那得清如许，为有源头活水来》《痛并快乐着——让学生作文个性飞扬》《调"圈点批注"之弦，奏"生本对话"之乐》《浅谈教师专业素养中具有批判性思维的重要性》《创意，让课堂灵动飞扬》等20余篇论文在国家省市级刊物发表或获奖；获得国家级、省级、市级等各级优秀指导教师、观摩课教学大赛奖项20余次；负责完成或参与市级、国家级教研课题《中学生古诗词鉴赏方法指导》《少教多学在初中语文教学中的策略与方法研究》《青年教师专业素养与校本培训模式研究》等课题五个，并获得课题"优秀实验教师"称号。近期，参加全国教育科学规划"十二五"教育部重点课题《新课标背景下中小学价值教育的校本化研究》，并承担该课题"人物课程"初中段编写工作。经过20多年的实践与思考，反思再反思，心血凝聚，完成个人专著《审美·思维·写作——阅读催开花千树》。

对于张振霞来说，过去的过去，从未离她远去。必将凝结成一股潜存的力量，祝她在教坛更加淡定从容自信地越走越远。诗意的远方，其实并不遥远。

赶一场生命的绽放

2017年腊月里的一天，按照报社老师的约定，我采访了西安工业大学刘百来教授。首先王智魁主编发言、刘百来教授讲述自己的生活经历，一起参加会议的有张电鸽副主编、航天职工大学副教授刘建稳老师、渭南市城关三小卫萍老师、我和邱颖老师，我们七人在《学子读写》工作室一起交流学习。

初见刘百来老师，质朴谦和、从容健谈是他给我的第一印象，让我好奇的是，刘百来作为一位理工科出身又多年从事大学理工科教学的教授，却爱好书法，每日习字为常，久而不息。想必书法与刘百来之间有着不解之缘吧。

一、追梦之路

《周易》：天行健，君子以自强不息；地势坤，君子以厚德载物。所以几千年来，自强不息与厚德载物的精神品质影响着一代又一代的知识分子为之努力不已。而刘百来就是这样一个深受传统文化浸润的人。

刘百来，渭南澄城人，西安工业大学副教授、硕导，出生在一个普通的干部家庭。他的父亲师范毕业，执教数年后从政，任乡镇书记至退休，写得一手好字，与人为善、和乡睦邻、一辈子助人为乐、不求回报，前些年去世；母亲务农，年轻时因他的父亲在外工作，家中挑水、耕地、收割等一切农活及家务，都落在瘦弱的母亲身上，也许吃苦吃了一辈子，习惯了劳作，今年已80多岁高龄，每天仍闲不下来，闲下来就觉得难受。夏天在老家种菜，冬天在家里做针线活。刘百来从小就受到了父母严厉教育和悉心的人生指点。不仅要求刘百来努力奋斗、不断进取，还教育他做事和学习的道理：一不怕吃苦；二不怕受累。他的父母以身作则，教育他做人要诚实谦和。刘百来从小就受到父母的深入影响，做人质朴真诚，学习刻苦，理想远大。经历了苦其心志、劳其筋骨的艰辛心路历程，他终于如愿以偿，于1985年考入北京航空航天大学。在那个知识完全可以改变命运的时代，四年的大学学习生涯，他在学业上从不曾有一刻懈怠，因为他懂得父母的辛劳，因为他懂得未来的路要靠自己去走，因为他明白知识的重要性，作为一个知识分子回报社会的责任与担当。于1989年7月获得北京航空航天大学固体力学专业的工学学士学位。

本科毕业后，在澄合矿务局工作，2000年前后，煤炭行业形势不好，于是他决定复习考研，由于多年不摸课本，数学、英语，几乎全部忘记，连续考了三年，终于考上了长安大学的研究生，并2004年7月毕业于长安大学路面材料专业，获工学硕士学位。此后多年，潜心任教于西安工业大学至今。

大学任教期间，他主要从事土木工程检测及数值模拟技术、钢波纹桥涵应用技术方向的研究生教学和指导工作，主讲"理论力学""工程力学""材料力学"等本科生课程和"有限元素法原理及应用""计算结构力学"等研究生课程。指导"土木工程"和"工程力学"学科研究生。参编教材3部：《理论力学》（普通高等教育十一五规划教材）（2010.08西安交通大学出版社），《理论力学规范化练习（第二版）》（2009.08西安交通大学出版社），《理论力学》（普通高等教育十二五规划教材）（2011.08中国电力出版社。）

参加陕西省省级"工程力学"精品课建设，发表教研论文数篇。

他在科研领域及学术成就：研究领域包括土木工程、钢波纹桥涵应用技术、道路工程力学、钢结构检测技术和数值模拟分析技术等。主持和参加国家及省部级项目十余项，主持和参与完成横向委托项目十余项。发表学术论文十余篇。科研成果被列为国家级科技成果两项、省级科技成果两项，并获得厅级科技进步奖两项、省部级科技进步奖五项。起草国家标准和地方标准各一部：2010年起草了中华人民共和国交通运输行业标准一部《公路涵洞通道用波纹管（板）JT/T791-2010》（2010-12-08发布，2011-03-01实施），起草人共7人，排名第二；2015年起草了安徽省地方标准一部《钢波纹板桥涵施工技术指南 DB34/T2378-2015》（2015-06-03发布，2015-07-03实施），起草人共27人，排名第五。

获得国家实用新型专利3项。

2010年6月被中交第一公路勘察设计研究院有限公司聘为顾问专家

二、书法之趣

《论语》云："知之者不如好知者，好知者不如乐知者。"

刘百来在上小学时，就受到了爱好书法的父亲很大影响，这使得他从小对书法萌发了浓厚的兴趣。父亲虽然工作繁忙，但只要一有空闲，就总是勤临名贴，父亲那认真专注的神情，早已深深印入他的脑海。每每此刻，他都会好奇地围观许久，父亲也会很耐心地给他讲解书法的意蕴与内涵、走笔姿势与艺术美感，他听得入了迷，也开始学着父亲的样子，一笔一划、有模有样地练起了书法，同时也感触到了书法的魅力。

他上中学时，班里有个同学毛笔字写得非常好，心里很是佩服，在学习之余，他就和同学一起读书习字交流。多年以来，刘百来在工作和学习之余，也总能抽出时间坚持习字。书法即成了他生活中不可分割的一部分。多年以来养成的习惯，不管工作学习多苦多累、多繁多忙，他只要习字片刻，心里就会变得轻松愉悦许多，淡定闲适许多，达观开怀许多，这想必就是艺术给予人的心灵浸润吧。无怪乎那么多科学家也大都喜好音乐、文学、书法等艺术，有的还小有成就。刘百来对书法是有自己独到的见解和认识的。这主要体现在他书法研习的实践过程中。可以这样说，他的书法研习先后经历了三个阶段。

第一阶段：初级无法度阶段。初触毛笔，不谙法度，以为书法。他说，刚开始接触毛笔，今天看来根本不算书法，准确地说应该叫用毛笔写字。误以为比别人写得好就是书法，于是见了凡是写字比自己好的都去模仿，误入歧途许多年。

第二阶段：循规蹈矩阶段。幸遇良师，循循点拨，如梦初醒，师古法今。随着时间的推移，逐渐与真正的书法名人有所接触，终于有一天有位老师语重心长地告诉他说，习字必须临帖，没临过帖的字外行看不出来但内行一看便知。至此才意识到自己的错误，于是静下心来，一笔一画认真研习欧颜柳赵，运用网络广泛搜看书法视频，经常向书法老师求教，逐渐才算步入书法殿堂。

第三阶段：以书会史阶段。涉入正轨，方知博深，欲求真谛，须谙历史。进入书法殿堂后，才知道书法的博大精深，田英章老师的欧体书法在当代可以说国内无人能比，但他说他每天都在临帖，这对刘百来触动很深，使刘百来认识到学无止境的深蕴与道理。

刘百来在研习过程中深刻体会到：中华历史五千年，书法是其中一颗璀璨的明珠，要想感悟书法，不了解书法的历史文化便是无稽之谈。对古代书法家的个人经历及当时的政治、经济、文化也要作全方位了解，才能更深入理解书法的内涵与外延。经过几十年的习字经历，令他对中华历史文化愈加敬仰，深感个人的渺小，亦对天外有天人外有人的古训深有领悟，激励着他砥砺前行奋斗不息的人生。

对于书法，我是不懂的。画家刘岚老师在一篇文章里说道："书法是最本末倒置的艺术形式之一。书法写的是字，字的实意或指物或言事或表情达意，字能辨识就足够了！怎奈因为人的智性和灵力，文字本身也被'穿上了衣裳'，这衣裳里装着的正是书写者的灵魂诉求，这个诉求不是那些文字本身所能涵盖的，这就是书法的艺术，可以折射出一个人，一个时代的精神风骨！"是啊，书法写的是字，表达的却是性情。满纸烟云，悲伤抑或洒脱，一眼便可看出来，正如《兰亭序》与《祭侄文稿》，能穿越千年而依然感动世人，正是那浸透纸背的情感力量。刘百来的行楷就如同他本人一样，大气沉着，朴素雅致。

三、育人之乐

韩愈说："师者，传道授业解惑也。"刘百来自任教于西安工业大学以来，深知自己身上的责任之重，悉心教导每一个学生，不仅教会他们知识，也教给他们做人的道理。勇于做大学生的的人生导师。

1. 乐观上进的态度

刘百来从小受到父母的影响较大，尤其父亲对工作学习和生活的乐观上进的态度，让他铭记于心，充分认识到了个人奋斗与拼搏的价值与意义。他对学生总是和蔼可亲谆谆教诲，潜移默化地引导与开解学生们关于学业与生活、关于人生与成长、关于现实与理想之困惑与焦虑。

2. 渊博的专业知识

执教多年，刘白来深切感受到亲师重教的道理。学生们只要愿意亲近信赖敬佩仰慕一个老师，那么学生肯定爱学习这门课，也愿意聆听老师传授的知识与人生指引。而丰富的学养与知识的储备是必不可少的，这样强势的磁力对学生就有非常大的吸引力。

刘百来在西安工业大学任教时，给自己定的目标就是：教好课。让学生对他自己有好感。他在讲课的过程中，除了讲专业知识系列外，还讲一些古今中外的名人励志故事，有时也讲一些和他自己有关，或者是他的同学或朋友努力奋斗的经历与故事，很有效地激发了学生的学习动力。结果即变成了学生们很喜欢他，更想听他讲课，他的讲课效率也提高了，所谓磨刀不误砍柴工，就是这个道理。可谓切实体现了寓教于乐的教育方针。

3. 爱护家人

关于家和万事兴的理念，在我们这个具有家国思想传统的国度，可谓是深入人心的。刘百来就深明此理。对父母孝敬有加、关怀备至，对兄弟姐妹适时帮助提携，对儿子宽严有度，适时引导指点，对妻子体贴入微，相敬如宾。几十年如一日地做家人坚强的后盾与靠山。

每个成功者都走过一些不为人知的艰辛，只要你的内心是柔软的，善良的，努力向上的，那么，岁月回赠你的，也必然是春暖花开。平凡之中自有其卓越之处。祝愿已过不惑之年的刘百来，更从容通达地教书研习书法。愿岁月静好现世安稳！

痴心伏案写流年
——"百度闫岩"素描

初见闫岩，是在一次朋友的聚会上，他的儒雅健谈、广闻博见给我留下很深印象。后又相识于学子读写工作室，终于可以坐在一起聊天了，更觉得了他的淳朴与真性情，他的好学上进、勤勉自律。与人为善的他，总能得到大家的信赖与鼓励，也给在座的每一位打开了一扇未知领域的窗子。闫岩，1975年10月出生在一个普通农民家庭，历尽磨难，终丁考得一张西北大学汉语言文学专业的毕业证书。参加工作后，由于态度积极，2005年2月加入了中国共产党，当过记者、秘书，从事组织工作多年，目前在中共陕西省委某机关以码字为生。工作之余，笔耕不辍，发表文章数百篇，获得各类荣誉证书一百多个，并有编辑成册的15万字的个人作文集《信仰·学思行》问世。由于常在网上发表文章，百度一下"陕西闫岩"四个字，便可见他的很多文字篇章。省委网信办点名要他参加了"网络名人提升班"的培训，有人送他雅号"百度闫岩"。

种一颗文学种子

闫岩，出身农家，父母却是有见识有远虑的人，从小就教育孩子要多读好书，做好人，做大事，在学习与读书这件事上更是全力以赴地支持他。在父母的言传身教下，闫岩除了学好课内的知识外，也在课外经常读一些名人传记、故事传奇，文学经典等书籍，用他的话来说就是：饭可一日不吃，书不可一日不读。广泛阅读的经历与体验，不仅增长了知识还开阔了视野，读过的书，书中的人物都成了他的知心朋友，伴他一路前行。读书也影响了他的生活，从此变得爱观察爱思考，更理性更乐观更努力。思考之余亦爱上写作，且一发不可收拾。小学三年级时就曾写下一首以赞颂石油工人的小诗：革命形势无限好，工人叔叔干劲高。石油滚滚向东流，山河美丽气象新。

慢慢地自己的作文总是被老师评优，被同学们竞相传阅，也分明可以感受到同学们惊羡的眼神。初中三年每天写作近2000字，中学开始给报社投稿，这样的状况一直持续到了高中。文学滋养了他的灵魂，也给他带去无尽乐趣与欣慰。高中分科时，他毫不犹豫地选择了文科，他喜欢自己成为有才华有智慧的人，他更希望用自己手中的笔为自己开创一片属于自己的辉煌。从此，他读书更用功更努力了；从此，他读书更广泛更深入了；从此，他读书更入世更积极了。

文学的种子在他心中生根发芽、茁壮成长，高耸参天，永远手中有一本书，生活永远有诗意的光彩，不论晴好还是阴沉，不论困厄还是顺境，不论月缺还是人聚。从小到大，走过风雨，喜爱文学的心永不变。

年少敢立凌云志

孟子有云：天将降大任于斯人也，必先苦其心志，劳其筋骨，饿其体肤，空乏其身，行拂乱其所为。18岁的闫岩每每读到这句，总是精神振奋意气风发，被感染被触动。就会想到古今中外很多做大事的人总是会经历常人难以想象的磨难与困苦，亦总是能以坚毅而睿智的气质超越自我，成就一番大事业。从而在自己生命的天际划过一道光辉灿烂的彩虹。感佩之情深埋心中。

一个风清月朗的夜晚，夏日的风习习吹来，减少了夏日的炎热，一家人围坐在小院石桌前休息聊天时，闫岩很严肃地向父母说出自己想去陕西读大学的想法，毕业后想做些大事，父亲听了，沉思许久，语重心长地说："好男儿志在四方，你就按你的想法去做吧"。父亲一席话，再加上家人的鼓励，更坚定了他的信心和勇气。那一次，他彻夜未眠，陷入了沉思之中。想到无论出门在外求学有多苦多累，自己都一定要走出去，走出去才有路，这是脚下踏着的一方贫瘠的土地所不能给予自己的，于是口中默默念出毛泽东的诗沉沉入睡：孩儿立志出乡关，学不成名誓不还。埋骨何须桑梓地，人生何处不青山。

苦心人天不负。经过一番努力拼搏、苦心孤诣的学习，终于在1993年开始了在西北大学学习汉语言文学的峥嵘岁月。大学期间，他如痴如醉地大量阅读古今中外的名家作品，执著写作与思考。

追寻理想意执着

1997年走上工作岗位的他，终于获得了展示才华、回报社会的机会。为了写好新闻稿件，他虚心学习，百改不厌。当时工资很低，为了邮寄一篇稿件，常常不吃早点，省下一元钱，买来一个信封0.2元、一张邮票0.8元，将自己多次修改后的稿件寄往报刊杂志。每一篇变成铅字的稿件，都能让他高兴半天。在县广电局工作期间，先后发表稿件600多篇，荣获各类新闻奖60余次。2000年，由于工作成绩突出，被借调到县委组织部工作。在县委组织部工作期间，主要从事"三个代表"重要思想办公室的工作，圆满完成了各类综合文稿的起草工作，并撰写信息87篇，发表在中、省、市各级媒体。在县委办公室工作期间，圆满完成了各类综合材料的起草、把关工作和为县委主要领导的服务工作。2008年8月，县委任命其为副镇长。刚刚当了一天副镇长，就接到了县委组织部的通知，要他去市委报到。就这样，闫岩就进入了渭南市委组织部。在市委组织部工作期间，主编《渭南信息》，撰写综合文稿，同时办理办公室的日常杂务。在省组部2010和2011年度的信息采用情况通报中，渭南市委组织部上报信息的采用量连续两年排名全省第二。工作之余，先后撰写了《搞好调查研究，推动科学发展》《建好村官队伍》《强化组织部门自身建设为落实十七届五中全会精神提供坚强组织保证》《组织离群众有多近，群众就对组织有多亲——渭南市推行基层党建网格化管理服务新模式小记》等150多篇信息，分别发表在《中国组织人事报》《中国共产党新闻网》《当代陕西》等中、省媒体。2011年换届期间，起草的《改革创新，阳光换届——渭南市县级领导班子换届纪实》被新华社《国内动态清样》采用。2012年5月，撰写的《语以泄败，事以密成——关于组工干部保守秘密的几点思考》荣获全省保密法征文二等奖，被市保密局印发全市学习交流。

近年来，在工作之余，闫岩撰写的心得体会《关于潼关古城开发建设的几点思考》先后发表在渭南日报头版、《渭南经济》杂志、《陕西改革与发展》杂志、领导干部网等省、市媒体。撰写的心得体会《对照党章找差距，坚定信心跟党走》发表在《求是网》等20余家中省媒体；结合档案工作撰写了《马上就办是档案工作者职责之所在》，发表在《中国档案报》等20余家中省媒体；结合"三严三实"主题实践活动，撰写了《践行"三严三实"，做优秀的党员领导干部》，发表在《求是网》《朋友》杂志等50余家中省媒体，并获得中共陕西省直机关工委、陕西省机关党建研究会联合举办的"践行'三严三实'"征文活动一等奖第一名；结合党风廉洁建设撰写了《信仰是共产党人全心全意为人民服务的根》，发表在《求是网》、《陕西党风与廉洁》杂志、中组部内参《党建研究》杂志等100余家中省媒体；结合过去的学习、思考以及所从事过的工作、接触到的人和事，撰写了五万余字的《关于干部队伍建设的思考》；结合"两学一做"学习教育，先后撰写了《"两学一做"关键在于党员提高个人执行力》《"两学一做"必须责任上心行动到位》，发表在《求是网》《人民网》《内蒙古日报》《朋友》杂志、领导干部网等100余家中省媒体，并被腾讯网作为头条连续推送。结合生活中的点点滴滴，撰写了散文《人生感悟》、诗歌《扬一场风》分别发表在《领导干部网》《大学生村官报》等30余家中省媒体。今年以来，结合西咸新区划归西安管辖，撰写的《大西安追赶超越五必须》系列文章，先后发表在中省数十家媒体。

养成一身浩然气

勤劳淳朴、正直善良是他的秉性，拼命奋斗、不负平生是他的追求。他一直认为：谁都会像风一样飘过，消失在永恒的记忆里。他深深懂得，人生一世，如白驹过隙，如果内心没有一个信仰，虽然也可以勉强终老，但如同行尸走肉一般。一个人有了信仰，便有了宿命，才算是有了根。抓住了信仰，才不会枉活一世。他深深懂得，最美好的生活方式，是和一群志同道合充满正能量的人一起奔跑在路上，回头有一路的故事，低头有坚定的脚步，抬头有清晰的远方。他深深懂得，人生是一场追求，也是一场领悟。不管在什么岗位，爱岗都要走进心里；不管干什么工作，敬业都永不过期；不管处在什么环境，都要把无私悬挂在心头；不管取得什么成就，都要牢记奉献还在后头。他憧憬着，他的工作能出很多亮点、很多光彩,给单位增光,不给领导丢脸;他憧憬着,能和每一个人和睦相处,一起工作,共同奋斗,让生命充满无尽的快乐,让工作充满活跃的创造;他憧憬着,下班后可以悠闲地在公园里、广场上、林荫下休憩流连;他憧憬着,将来退休后,回味今生的一切时,心中激荡着辉煌和自豪,脸上洋溢着幸福和骄傲。基于此,多年来,他始终谨小慎微,兢兢业业,从不敢有丝毫懈怠。他自认为,对党他是志虑忠纯的,对人民他是深怀感情的,对工作他是恪尽职守的,对同志他是胸怀坦荡的。

岁月不居,时节如流。凝神静思中,他猛然顿悟:"事业才是最好的百年,我苦苦奋斗了十八年不是为了和某些人一起喝咖啡,我渴望听到生命燃烧的声音"。一万年太久,只争朝夕。干事创业的渴望,时时激荡在他的心中,如汹涌波涛,撞击着他的心岸,催他前行。

美丽的忧伤
——记作家萧红

萧红的经历留给人的印象，似乎比作品更诱人。她的一生所经历的情感磨难，本身就是一部动人的小说，还很少有像萧红那样的现代女作家，在死后给人留下那么多丰富的话题。她的情感经历给人带来的冲击力，与许多同代的女性作家相比，是颇为独特的。萧红以自己奇异的感知方式，弹奏起了这一交响。后人从这里听到的，大概不仅仅是爱的困惑吧。这其中，也包含了太多的人生困惑。萧红的感伤倾诉背后，最有价值的地方，表现在她对现代人生存现状的焦虑的凝视，她的意义或许也就在此。萧红是说不完的，只要女性的婚恋问题困扰着后来的文化人，就会想到她。

对于生活她曾经寄以美丽的希望，但又屡次"幻灭"，她是寂寞的，对于自己的能力有自信，对于自己的工作也有远大的计划，但是生活的苦酒却又使她颇为忧郁不能振作。因此感到苦闷焦躁的人，当然会更加地寂寞。这样精神上寂寞的人，一旦发觉了自己生命之灯即将熄灭。而一切都无从补救的时候，那她的寂寞恐怕不是语言可以形容的，而这样寂寞的死，也成为了她感情上不轻的负担。萧红曾在心里呻吟："我总是一个人走路，以前在东北，到上海，后去日本，现在到重庆，都是一个人走路，我好像命中注定要一个人走路似的"，在她看来，感情的饥渴，心灵的寂寞比身体的虚弱更难受。在文学事业上，她是个胜利者，在认识生活意志上，她是个软弱者失败者，悲剧者！一次次地失望一次次地痛苦，只因了她的执着，一直在追寻完美的爱，岂不知它是追求不到的。

一

萧红原名张乃莹，笔名萧红，生于1911年6月1日。1932年在萧军的鼓励下，萧红发表了自己的处女作《王阿嫂之死》，她的文学生活从此开始，以后便以侨吟、田娣等笔名发表作品。1935年12月，萧红出版了《生死场》，从此奠定了她在中国现代文学史上的地位。鲁迅说："自然不过是略图，叙事和写景胜于人物的描写，然而北方人对于生的坚强，对于死的挣扎，却往往已经力透纸背，女性作者的细致的观察和越轨的笔致，又增加了不少明丽和新鲜。"

《生死场》反应的是"九一八"前后东北农村十余年间的生活，作品充满着乡恋，但绝不是静夜拥起的甜味的怀想，而是对于受难的乡亲和呻吟的土地的博大的爱，感情的浩大，沉静深挚令人惊异而又兴奋。作为一个来自乡野而又秉性宽厚的作家，她关注的是质朴可爱而又受难的普通农夫农妇，文章有很浓重的乡土气息，这是她的特别之处。

人世的辛酸孤独，以及经历了一段颠沛流离的生活的人生体验，都促使了她在文学上不断创作，先后出有散文集《商市街》，小说散文集《牛车上》《旷野的呼喊》，1940年春去香港，疾病和寂寞中完成了长篇《马伯乐》《呼兰河传》和短篇小说《小城三月》。矛盾曾这样说："《呼兰河传》不像是一部严格意义的小说，它是一篇叙事诗，一幅多彩的风土画，一串凄婉的歌谣。"胡风曾这样评价萧红的作品："她的创作才能很高，她写的都是生活，她的人物是生活中提炼出来的，不管是悲是喜都能使我们产生共鸣，好像我们都是很熟悉似的，是那么地动人，她是凭个人的天才和感觉在写作……"此番评价，想必应该可以见出萧红本人所取得的辉煌的文学成就吧！

二

　　一段感人肺腑的情感经历，历尽了人间的悲欢离合。而在萧红看来，感情的饥渴，心灵的寂寞比身体的虚弱更难受，更让人煎熬，而后是陷入深深的沉思。萧红最迷人的地方，是那血液下的情感世界的精神独语。困扰她一生的一直是两性的爱，她短促的生命之旅却饱受了太多的爱的幻灭的悲哀。1928年，由六叔做媒，萧红和汪恩甲订婚同居，后又因汪本人吸食鸦片抛弃怀孕的萧红，她是愁苦的忧伤的愤恨的。在她极端无助时她被迫给《国际协报》写信请求援助，于是她的男神萧军来了，她得到了救护，萧军的鼎力相助，使她躲过一劫，从此两人便开始了他们长达六年的情爱历程。

　　萧红小时候得到的爱是有缺陷的爱，长大后她爱过，但那是一场无结果的爱，回报她的是痛苦，她孤寂的心田里需要的是爱的雨露滋润，她渴望爱情，他来了，真的来了吗？相同的志趣，拉近了两人的心里距离，他们的情感在无声的交流，他们的心灵在相互撞击。他们融化在了一起。萧红后来成了名作家，她第一次给报社投稿的是一封信，而它带来的是稿费和一个爱人，这是她始料未及的。

　　生活的艰辛却是可想而知的，这里有萧红的亲身体会，也许人的一半是人性一半是兽性；一半是神灵一半是魔鬼，她饿得肚子发疼，她紧

215

贴着冰凉的铁床，根本不管用，没钱买面包，只能闻香味，这是多大的诱惑。世界上有多少人，在这种特定的情况下，魔鬼在心中作祟，去偷去抢去出卖肉体？她心里发烧，耳朵热了一阵，她想到了去偷，一个出身书香门第的人，一个作家，因贫穷饥饿想到去偷，这是多么残酷的自我暴露，但又是这么真，真得让人发痛。萧军对萧红的照顾，不仅仅是把她喂饱，还鼓励她创作，他看过她的书信和诗，感到她在文学上很有才气。

有人说感情生活就是相爱和相互伤害。婚姻和恋爱不一样，恋爱可以美丽得像天上的云彩，而婚姻呢，应该像大地一样能包容一切，才能留住那片爱的云彩。当然，这样有时很累，认识一个人容易，深层次地了解一个人就不那么容易了，处在热恋中的情人，往往是感情过剩，智力进入贫乏期，视对方为世界上最完美的人，待婚后感情逐渐冷却、趋向平稳时，就会发现对方的缺点和弱点，他们也不例外。许是情到深处悲愈浓吧，萧红深爱萧军，她惧怕孤独担心被冷落，她需要他粗壮的手臂，温暖的胸怀，在他的身边，她才感到安全和舒心，从认识萧军的第一天起，萧军就是以一个救世主，保护者的形象出现的，有客观事实，也有主观意识。客观的事实是，萧军确实是在萧红最艰难的时候帮助了她，和她结为夫妻，共同生活，同时鼓励她走上了文学道路，至于主观意识，萧军自己也说过，由于就像对于一个孩子似的对她保护惯了，而我也很习惯于以一个保护者自居，这使我感到光荣和骄傲！

有多大的才能就有多大的机会，随着萧红作品的不断问世，她的接触面也在不断的扩大，她的才能日渐发挥，她在和朋友的交往中，在自己的作品中，发现了自己的价值，夫妇是一个共同体，又是两个相对的独立体。以前的萧红一直处于从属地位，是被保护的对象，而且觉得很幸福；现在她的感觉发生了小小的变化，已不能满足于萧军所给予她的了。她的个性是很强的，她想要独立。可悲的是萧军并没有察觉到她的细微变化，仍执意地以保护者自居，况且萧红又不同于一般的女子，感情特别敏感脆弱细腻，每一件小事都会给她的心上投下一道阴影。

早年的贫困漂泊折磨，使萧红的身体一直很虚弱，她非常理智地分析到：由于他是一个健康的人，强壮的人，对于体弱多病的人的痛苦是难以体会深刻的，所谓关心也仅仅是理性上的以致礼貌上的关心，很快就会忘掉的，我和他之间就是这种情况，俗话说同病相怜，只有是同病才能做到真正的相怜，这话是对的。此刻的萧红让烦闷失望哀愁笼罩了整个生命。

她虽崇敬萧军，但她并不爱具有这样灵魂的人，她感到这样的灵魂会伤害到她的灵魂的自尊。外表柔弱的她，灵魂深处却有着强烈的独立自主的意识，不愿依附任何力量，就是对自己的丈夫也一视同仁，她既柔又刚，在她心灵深处，有一块坚硬的钢筋水泥地。自尊与自卑似乎有种内在的关系，自尊的背后隐藏着自悲，自悲的变形，形式是自尊，她觉得她的成就是丈夫的恩赐和呵护。萧军曾把他和萧红比作两只小刺猬，太靠近了，彼此就要刺痛，远了又孤独。萧军一再对萧红说，你是这世界上真正认识我和真正爱我的人，也正为了这样，也是我痛苦的源泉，也是你痛苦的源泉。萧军爱她，但爱得很累，依他的性格他不喜欢像萧红那样多愁善感心高气傲孤芳自赏力薄体弱的人。萧红在萧军面前一直以一个弱者的形象出现，萧军说过，他爱的是史湘云和尤三姐那样的人，不爱林黛玉妙玉那样的人，他说："她单纯淳朴倔强有才能，我爱她，但她不是我的妻子，更不是我的。"

环境在变，世道在变，文化背景在变，人也在变。人的感情是最复杂的，最难说清的，这其中的变化，也就有了它的合理性。萧红又何尝不在为自己的价值观念而反抗而痛苦而挣扎？萧红受新文化运动的影响，抛弃封建家庭，反抗旧礼教，逃婚，但最后还是跳不出旧社会的罗网，但她毕竟努力做过。鲁迅曾说过，女人只有母性女性，而没有妻性。所谓的妻性完全是后天的社会制度造成的，萧红就是没有妻性的女人。她在文学事业上，是一个胜利者，在个人生活意志上，她却是一个软弱者失败者悲剧者！完美的爱的追求是奢侈的也是徒劳的。有一个哲人说过这样一句话，一个女人具备了在事业上成功的一切基础条件，而最终没有成功，只是因为她有一个幸福的家。这证实了萧红的成就，但这得与失之间的伤痛也只有她自己最清楚。当时两萧戏剧性的结合时，天平秤的重心就不对等，砝码是移向萧军的，因为萧军把危难中的萧红解救出来，一个是强者救了弱者，一个是给予，一个是得到，本来就是不平衡的，以后萧红再怎么做，再怎么把全部的爱献给萧军，人们都认为是萧红应该做的，可是事情的发展往往出乎人们的意料之外，两萧分手了，当中插进一个第三者端木先生，此可谓是内忧外患了。这样的结果，舆论肯定不利于萧红的，这点使她非常伤心，俩人分手许是由于性格上的原因，但本质上仍是男性至上的封建遗产。

"我为什么一定要一个人生活呢？我需要爱，需要情，需要有人疼，需要有人重视，因为我是女人。"这是萧红的心声，也是很多女性的心声。萧红想到了，她身体不好，她想过安定的家庭生活，好好写几部传世之作，萧军不适合她，她也不适合萧军，与其两人在一起受苦，不如相互解脱。于是，1938年，萧红即与端木蕻良结婚。端木和萧军的性格脾气不同，端木缺少萧军的性格中的阳刚之气，他看起来文质彬彬，温柔多情。但是，周鲸文先生在一次答记者问中说：两人的感情基本并不虚假，端木是文人气质，身体又弱，先天有懦弱的成分。而萧红小时没有得到母爱，很年轻就跑出了家门，她是具有坚强性格的人，而处处又需要支持和爱。这两种性格凑在一起，都在有所需求，而彼此在动荡的时代，都得不到对方给予的满足。至此，让人觉出了几分辛酸和感伤，完美的爱是无法追求到的，这也是萧红感情悲剧的原因，有诗为证，萧红的一首《近寄友人》：高楼举目望，咫尺天涯隔。百呼无一应，谁知离恨多。萧红是孤独的，孤独的生，孤独的死，孤独让她伟大，却也深深地伤害了。

1942年1月22日，萧红吐出最后一口气，走得很远很远，再也不回。

三

自古多情伤离别，点点滴滴，总是离人泪。萧红不愿死，她不甘心死，她还有许多事要做，还有许多作品要写，她说她如果能够再活一次，她一定要找一个兼容萧军和端木的优点的男人。她的缘木断，她的情木了。我终不能割舍对于她的钟情和怜爱了，也只因了她的美丽的感伤。她太钟情于异性了，她的情感之中，透出一种对纯情的渴望，以及对希望的渴望不可即的无奈。

萧红的作品是从心底流出来的，每一句话，每一句咏叹，都凝结着深切的情愫。萧红很少有浪漫的空想，她只乞求一种公正的爱，乞求她爱的男人给她宽厚安全理解。这一切要求并不过分，但她却很少得到过，她的足迹是一个个失败的爱恋的记录。现代女性中，萧红是在爱情生活中较典型的承受厄运摧残的人，她对爱情的态度充满了理想主义，这使她不轻易地屈服于封建传统的压力。但她的缺少独立生活的脆弱情感，又常常使她在对两性的态度上，呈现出缺乏理性的柔弱的一面。在社会动荡男性特权高高在上而妇女却没有社会地位的时代里，萧红的悲苦是必然的，除了感伤的咏叹，她还能做什么呢？

一个无法挣脱感情生活的人，一个生命的欲求，偏偏要与痛苦为伍的人，这是痛苦的，但这痛苦，却给她换来了艺术上意外的收获。在文学的天地里，她找到了一种属于自己的表达方式。无限深广的艺术王国，是她流血的灵魂的栖息地。在那片自由的时空中，她的灵魂净化了升华了。此岸的灾难，在彼岸的精神王国里得到抚慰。这是她的幸还是不幸？

　　北方有一条呼兰河，南方有一个浅水湾；北方有了个萧红，南方来了个萧红；她朝发北国，暮宿南国；河水汇入大海，萧红像那日夜奔流不息的水，与天地共存，与蓝天碧水永处。

只闻花香，不谈悲喜
——记作家陈梅

作者简介：

陈梅：70后女作家，笔名金步摇，近几年活跃于陕西文坛。陕西省职工作家协会会员，于《骏马》《博爱》《青年文学家》《感悟》《京九晚报》《陕西工人报》《西安日报》《西安晚报》等三十多家报刊杂志发表作品百篇。主要从事现代诗歌、散文及小小说创作，近年活跃于陕西文坛，代表作有：《炫贫》《低保户的困惑》《流泪的鱼香肉丝》《跛子上山》、《十万彩礼》《我的第一本藏书》等。

最初知道陈梅只因了她的笔名，金步摇那摇曳多姿的情态，让我想到白居易的《长恨歌》中的"云鬓花颜金步摇"一句，出于好奇就多关注了一些她的作品及动态。不想后来竟有机会与陈梅面晤，惊喜之情自然溢于言表。2017年8月18日，《学子读写》主编王智魁、作家陈梅、王朝群、每小平几人聚集在一起，就文学创作，交流探讨，相谈甚欢，我也受益匪浅。使我的心灵受到莫大的启迪。陈梅外表恬淡娴静，温婉内敛，言谈清晰而富有意蕴，举止文雅，眼神灵动而传情，如一阵扑面而来的春风，诗意盎然，暖人身，动人情，醉人心，以至近四小时的访谈，丝毫不畏夏日之暑炙之气。

一、嗜书如痴，文学相伴

"书卷多情似故人，晨昏忧乐每相亲。"在爱书惜书之人眼里，书是自己最大的财富，读书亦是人生最大的幸福与快乐。和陈梅深谈，就会深刻地理解"腹有诗书气自华"的含义。陈梅是个书痴，她的阅读人生可谓是"嗜书如命"。

陈梅20世纪70年代出生在西安曲江的金浮沱村，她从识字开始就喜欢看书："也许是天性使然，也许是因为当时实在没有什么课外生活。她有个表哥摆了个小人书摊，每逢韦曲集市，就过去。她在家没事儿干，就跟着一起去，一方面帮他招呼书摊，闲了自己也能看看书。"

12岁那年，陈梅拥有了人生第一批藏书。谈及这段经历，她至今记忆犹新。12岁那年的暑假，早早地写完作业，家里的几本小人书都被翻烂了，实在无趣得很。好朋友告诉她，城里育才中学旁边有个废品收购站，那里旧书报论斤卖，很便宜。于是当晚她便向母亲软磨硬泡，以开学升六年级要买复习资料为由，缠着母亲要了三块钱，加上自己平时积攒的毛票，终于可以去买书了。陈梅说："走了十几里路，我们来到收购站的后院，各种旧书旧报堆积成山，那些平时被我视若珍宝的书籍，灰头土脸地散落一地。看到这些，我心痛不已。《故事会》《民间传奇》《童话大王》……还有很多大部头的小说，只要我喜欢的，通通抱在怀里，感觉自己掉进了一座宝库。"

在书堆中翻捡了两个多小时，担心自己带的钱不够，陈梅只好把挑拣好的书拿给老板过秤,钱果然不够。老板取下了三四本书,陈梅说:"我眼里已经含了泪花。那时候真是煎熬,这本也想要,那本也舍不得扔。记得老板最后拿走的,是一本《飘》的下集,那种看完上集没有下集的滋味,在很长的一段时间折磨着我。"

随后,他们背着蛇皮袋子回了家,依然是步行十几里,陈梅说:"现在回想起来,我们当时并不觉得累,在1986年的长安街头,幸福得忘乎所以。回家后,我仍旧兴奋不已,只吃了块干馍馍,就开始谋划着给自己做一个书架。我有那么多宝贝呢,得给它们一个新家。当时庄户人家都有那种存粮食的大板柜,靠着板柜,我用砖头和木板搭了一个三层的书架。砖头都精心用彩色挂历纸包起来,木板也洗刷得干干净净,那些书按大小整整齐齐地捋平压展,摆进书架,我幸福得无以言表。"她拿着彩色铅笔,在砖垒的书架上写下一句话:"发愤识遍天下字,立志读尽人间书"。

1990年,她接班进入工厂工作,在机器的轰鸣声中,也没有忘掉爱读书的好习惯,省图的流动大巴图书车是她的另一个宝库。再后来她成了业余作家,写诗,也写散文,拥有了很多很多书……读书和写作就变成了生活的一种常态,如喜如狂,如痴如醉,颇示己志。

二、志坚如云,执着写作

陈梅是四十岁才开始写作的,以她个人的经验,认为写作水平的提高,和个人天赋有一定的关系,但是最重要的,还是在于"读"与"写"的结合。她从小到大,喜欢读书,涉猎广泛。古今中外名著每每必通读,曾一度迷恋武侠和侦破小说,琼瑶言情小说一本不落。她的体会是:如果只是读书,不动笔,于写作来说,也只是门外汉而已。如果只是"写",不读,写作水平也不会提升。一度她很迷恋写作,大部分时间都用来写作，读书少了，眼界就窄了，写作素材几乎枯竭，一周也写不出一篇像样的东西。她又到书本中，读着读着，创作灵感就冒出来了。

在她看来，天赋往往是指一个人对一项事物所沉迷的程度。比如一个人爱雕塑，把大部分时间都用在雕塑上，吃饭也想雕塑，睡觉也想，走路也想，如此长年累月下去，肯定会在雕塑方面有所成就，这时候会有很多人说她有创作天赋，实际上这是对一件事物的沉迷和执着追求引起了质的飞跃。写作也是如此，只要用心，天天坚持练笔，有一天就会写出具有代表性的作品。她粗略统计了一下，刚开始投稿时，投三十多个刊物，才能发表一篇作品，也曾一度怀疑自己没有写作灵性。现在基本三五天就有作品发表，也经常获奖，这时候再谈到天赋，感慨万千。

她在写作中遇到过很多挫折和阻力，她平时的工作非常繁忙，家务事也多，常常没有时间读书和写作，这使她很苦恼。她的业余时间都用来写作，常常推掉一些同学聚会和朋友邀约，也没有精力和朋友们微信聊天。朋友们对她有诸多怨言，认为她架子大，不珍惜友情，心里也曾十分难受。今年儿子高考失利，要继续复读，她也很愧疚。她说她如果在写作上少用一些心，把儿子的学习多管一些，儿子也许不会复读，为此几度失眠。

即使这样，她也没有放弃读书写作。她认为她今后也不会放弃写作。刚开始写作时，身边亲人朋友同学们给了她很大鼓励。她的姐姐弟弟每篇文章都转发支持，她的闺蜜敏给她文章写的评论，比文章都要长。还有很多在网上认识的文友，都很支持她。陈仓的姚伟老师与她素不相识，却热心给她点评，还帮她把稿子推荐给编辑。西安的文彦群老师常常给她的文章提要求，找不足。她心里对这些朋友们非常感恩。其中，对她影响最大的是作家陈忠实。陈忠实老师淡泊名利，谦逊质朴，真诚善良，热心扶持青年作家成长。他的为人朴实宽厚如黄土大地，他的作品深受广大读者喜爱，他的风范广为文学界称颂。陈忠实老师对写作的执着和热爱超乎寻常。1992年4月，他把《白鹿原》交给《当代》杂志的编辑，只说了一句话："我把命都交付给你们了……"

陈忠实老师激发起包括她在内的很多陕西年轻作家的雄心和自信。陈忠实厚重坚实的现实主义书写，介入生活的热情和自觉意识，为文学理想而忘我的献身精神，深深地感染和影响着她，他是她一生学习的榜样。

昙花易现，经典难存，把作品写好写精，是她对自己最基本的写作要求。

三、大爱如美，真善践行

大道之行，在乎生民，言乎真善。普通老百姓的喜怒哀乐始终牵绊着她。她以大爱之心，书写他们的人间世情悲欢离合。关注农民工的诗歌《农民工》中"城里人住进了他们用乡愁盖起的人楼"，关注残疾人的获奖作品《跛子上山》，关注扶贫脱贫的热议小小说《炫贫》《贫困户的"烦恼"》，关注普通人生活的代表作《小天使》《十万彩礼》《流泪的鱼香肉丝》《那条河》等等。此外她还注册曲江流饮微信公众号，为如她一般爱好文学者提供展示才华的舞台。

她的作品多以短小为主，文思敏捷，文笔犀利，题材广泛，关注热点，抒发真情，从细小处着笔，不落俗套，能给人以意料之外的阅读惊喜，回味无穷，意蕴深刻，且能起到教化人心，洗涤心灵的作用，读之如饮佳酿，如食珍馐。

四、爱家如一，至情至性

她自从接父亲的班以来就在东方厂工作，她热爱她的这份繁忙的工作，检验工作容不得半点马虎，一直以来都是认真负责兢兢业业；她更爱自己的家人和朋友，在家中尽力做好妻子、母亲、儿媳的本分与责任，任劳任怨，努力营造和睦快乐幸福的家庭氛围；对亲戚和朋友亦是以诚相待，以礼相待，他们若遇到难处，尽力相助。她以她的热忱、友善、真诚吸引着熟知的或不熟知的人，想要靠近她。

一个作家的使命就是用巨大的热情来审视社会与时代，用悲天悯人的情怀来挖掘人性的真、善、美。她要坚守最初的信念，勇于承担社会责任，多做一些对社会有用的事，安静的做好自己，多读书，多学习，尽可能地去写作，用文字的力量，用文学的美感让自己的生命变得丰富，让读者获得一种感悟和愉悦，并以此来体现自己的生命价值！

岁月流光，几易春秋，芳华已逝，她永不变的是对文学创作的热爱，对人生的深思，对社会人群的体察，对高远的文学创作人生的追求与探索！

心事如梅

梅在我眼中是一个极好的女孩,是我在别的单位认识的,长相清秀文静的她安静乐观、通达而又上进做事,一丝不苟,因此大家都很喜欢她。

梅今年36岁了,却不曾走入婚姻,不免招来闲语碎言。但她面对此,却平静坦然,毕竟每个人都有许多不足为外人道的特殊经历和情感体验。梅嘴上不说,我却能看出许多。

梅非常上进,大学毕业后,就分到学校工作,她一边应付繁杂的教育教学工作,一边还参加了教育硕士考试,并且取得硕士学位。这在许多人看来已经非常厉害了。

但女人毕竟是女人,所有的事情离不开感情二字,男大当婚女大当嫁,梅也不例外,只是介绍了那么多的对象,她似乎一个都没瞧上,有人就说她条件太高了。毕竟年龄不小了。梅却仍是不急不慢,自己心中的男友的标准似乎从来都没有改变过,她不愿将就,也不愿委屈自己的心,与一个并不相爱的人结婚,过自己不想过的日子。

但突然有一天，梅告诉我，她已经不年轻了，心里也有些许的惶恐与不安，我便听她讲述关于难以忘记的过往。梅在大学刚毕业的时候，偶然通过网络认识了那个叫杰的男人，可那时杰将近四十岁早已有了家庭和孩子。

这些梅一早就知道的，但她还是经常和杰见面，两人也谈得很投机，谈论中杰的睿智与才华，帅气与干练、深深吸引了梅的眼神，也让她再也放不下这个对她忽冷忽热的男人。她就是喜欢，傻傻地爱上了他，这样的交往持续了好几年，怎么也不忍放手，梅有好几次都主动提出了分手，但最后还是心软又回到他的身边，他给她最好的感觉，独特的依恋，让她对他念念不忘，恋恋不舍。

我听罢沉思良久，这世间的情爱千万种，苦苦等待的苦痛却是最难熬的，所谓的承诺是永不会兑现的。但爱依然、她对他早已不恨了，心里有的依然是善良的爱。

世间的男子，千般万般好，她独独爱他一个，且爱又超越了世俗空间。当然不会被周围的人看好与祝福。几年的光阴等下来，一个女孩早已不年轻了，渐渐远去的是自己的青春美貌，还有美好时光。但只因了她心中深沉的爱，也让自己的人生有了一次考验与证实。"爱过不后悔，该放手时应放手"这是世人惯用的安慰痴情女子与男子的说辞。

但未必适用于每一个人。生命苦短、来日不长，收拾好自己的心情轻装上阵，迎接下一个朝阳。

爱也好，不爱也好，都不要放在心上，经历了刻骨铭心的痛也就得到了刻骨铭心的爱的体验。但这样的虚妄之苦，不可得之苦，在梅看来，只要能换来短暂的幸福，她也觉得是值得的，她也觉得是幸福的。当人们都老了的时候，你儿孙满堂是幸福，她坐在昏黄的灯下，静静地想念一个人也是幸福，谁说不是呢？只是苦了这个痴情的女子，她在这情海里走这么一遭，却是遍体鳞伤的经历和感受。世间情爱种种，其实我们每个人都很难界定孰是孰非，孰真孰假。等待的日子，漫长而难捱。痛苦而彷徨，在之后的日子里，我多么希望那个男人能对她报之以琼琚呀。

情爱种种，谁负了谁，最终都只化为烟水，随时光流逝，消失在茫茫人海之中，有说不尽的痴情怨女，为爱守候为爱神伤。就有多少薄情的男子，负了卿卿终身难忘。突然想到王安忆的《长恨歌》。王琦瑶终是不能安稳过日子，只因了当年的一段情缘往事，那个男人早已住进她的心里，永生永世。这大概就是长恨的意味。

末了，我只愿这世间少几个薄情的男子吧，方不负了爱他的痴情女子。配得上那样痴心的等待与挂念吧！

后记　生命的对话

匆忙之中,走过人生的青春旅程,没有迟疑,没有暂停。待我觉察,早已渐渐看清人到中年的真实面目了。是啊,时间真的过得很快,而我的写作之路却明显表现出了一种后知后觉的状态。

我开始写作始于 2017 年初。清晰得记得,那个冬日的上午,我在《学子读写》工作室,见到了王智魁老师和崔彦老师的情景,当时是以作家采访活动的形式呈观的,王老师问,崔老师答,而我则是那个坐在一旁倾听的人。我听到了崔彦老师的一段动情的讲述。是关于她自己怎样从一个普通的售货员,艰难而执著地成长为一位著名记者兼作家的经历。我当时听得很认真,内心也很受触动,在崔彦老师身上发生的最励志的写作故事,以及写作之于她的人生所发生的巨大变化与自我成长都让我感动。我热血沸腾,激动万分,内心翻卷着巨大的波浪,起伏曲折。我为什不能拿起手中的笔,记下自己生活和成长中的那些或喜或悲的片刻呢?我曾那么敏感地体会过青春、爱情、人生、理想,却不曾记下片言只语,我曾经历过的那些不为人知的苦痛与热血,为什么不曾在我的生命中永远停留呢？

心中不免徒增几分感慨与悔意！我从别人身上感受到写作之于心灵的抚慰作用，自我鼓励的作用。人生行走，大多数时候也还是要一个人行走的，尽管旅途中会遇到许多人，但很多人只可能会陪我们走完一段人生之路。记下些许让人动容、感慨的片刻，记下一些美好，亦是对自己人生的一份永恋与怀念。

写作的意义与价值也绝不止于个体体验与独特感受，更是一种生命力的激发与唤醒，让每一个写作者越来越清晰地看清自己，看清周遭的环境与人，看清人性的同时，穿越很多生活的迷雾，使得自己一个人行走时并不寂寞，从而变得更豁达、更洒脱、更勇敢。

努力行走时，又遇到许多写作上的志同道合的人，互相鼓励互相促进，书写更美好的文字与生命体会。

一、传递一份真善美

社会人生，千姿百态，万种际遇。但我总觉得书写者有责任有义务书写出人性中的真善美，文字中多多地出现真诚、真实、善良、美丽优雅的文字与人物，给大众带来美好的阅读经历，阅读时眼前可能就会出现一些善良的勤劳的、努力上进的人的身影。也可能展现他们在经历挫折与苦难时的坚韧不屈、挺拔直行的真实形象……用这样的文字引领人们进入一个全新的精神愉悦的世界，给人们以精神层面的鼓励与向往。

二、鼓励那些孤独的灵魂

幸福的人生都是相似的，不幸的人生各有各的不幸。写作的过程，常常需要一个人与自己的死磕，即使行走在大雪纷飞的黑暗中，也要绝决地向光明迈进。那些孤独的高傲的灵魂一经写作的浸染，即使晦暗、阴冷、也会在文学的书写中，闪耀异彩的光辉。

只因他们曾被写作持续不断鼓励过、激励过。深情地亲吻过的灵魂，也便瞬间变得可爱、异彩纷呈、光辉闪耀。不论谁，读到那些被鼓励过的灵魂书写的文字，一定是喜乐的，一定是感动的，亦变得大爱与悲悯，不自私，不冷漠，不凌厉，不狠心。

三、诗意的行走

每一个人来到这个世上，都会自觉不自觉地选择属于自己的行走方式，或者负重前行，或者诗意行走。我想大多数人内心一定是有所倾向的。但诗意的行走，它同样是有着一定的先决条件的，它需要你有较高层次的精神追求与向往。走过一些路，跨过一些桥，看过更多的美好，以愉悦的精神需求来约束与影响自己的人生抉择与价值取向。

诗意行走将意味着，不管一个人眼前呈现怎样的苟且与不堪，他都会不遗余力地坚定地克服种种生活的困苦与劫难，以力挽狂澜之势，倾尽一切力气，扭转自己的乾坤，改变那些现世的不公与虚妄、从而成就属于自己的理想，以傲然之势立于他人面前。而书写的方式就是一种很好的选择，可以书写自己的诗意，也可以书写自己眼中他人的诗意行走，给人们美的享受与精神洗礼。写作就是这样一个神奇的过程，很多被淹没的灵魂也因书写的过程色彩斑斓光耀万代。

记录下行走的光阴岁月，于我而言，是一种从未有过的体会与品味，我且坚持下去，直到永远！